KB005766

2008
신춘문예 당선시집

문학세계사

2008
신춘문예 당선시집

〈시〉 문정 박미산 방수진 유희경 이선애 이은규
이장근 이제니 정은기 조연미
〈시조〉 김남규 임채성 정상혁

2008 신춘문예 당선시집 ◆차 례◆

시

문정 ●문화일보

박미산 ●세계일보

방수진 ●중앙일보

정상혁 ●중앙일보

시

문정

전북 진안군 출생
전북대 국문과 졸업
2008년 문화일보 신춘문예 시 당선
현재 전주 우석고등학교 근무

siwasan@hanmail.net

■문화일보/시

하모니카 부는 오빠

하모니카 부는 오빠

오빠의 자취방 앞에는 내 앞가슴처럼
부풀어 오른 사철나무가 한 그루 있고
그 아래에는 평상이 있고 평상 위에서는 오빠가
가끔 혼자 하모니카를 불죠
나는 비행기의 창문들을 생각하죠, 하모니카의 구멍들마다에는
설레는 숨결들이 담겨 있기 때문이죠
이륙하듯 검붉은 입술로 오빠가 하모니카를 불면
내 심장은 빠개질 듯 붉어지죠
그때마다 나는 캄보디아를 생각하죠
양은 밥그릇처럼 쪼그라들었다 죽 펴지는 듯한
캄보디아 지도를 생각하죠, 멀어서 작고
붉은 사람들이 사는 나라, 오빠는 하모니카를 불다가
난기류에 발목 잡힌 비행기처럼 덜컹거리는 발음으로
말해주었지요, 태어난 고향에 대해,
그곳 야자수 잎사귀에 쌓이는 기다란 달빛에 대해,
스퉁트랭, 캄퐁참, 콩퐁솜 등 울퉁불퉁 돋아나는 지명에 대해,
오빠의 등에 삐뚤빼뚤 눈초리와 입술들을
붙여놓은 담장 안쪽 사람들은 모르죠
오빠의 하모니카 소리가 바람처럼
나를 훅 뚫고 지나간다는 것도 모르죠

검은 줄무늬 교복치마가 펄렁, 하고 젖혀지는 것도
영원히 나 혼자만 알죠
하모니카 소리가 새어나오는
그 구멍들 속으로 시집가고 싶은 별들이
밤이면 우리 집 평상 위에 뜨죠
오빠가 공장에서 철야작업 하는 동안
별들도 나처럼 자지 않고 그냥 철야를 하죠

마고할아버지

나 이제 엄마의 말씀을 벗어나고 싶네, 오늘 해질 무렵에는
꼭 뒷산에 올라 붉은 석양빛 몇 바가지 마셔볼래 깡마른 사내처럼
웅크리고 있는 아파트들 내려다볼래
세월이 꼬닥꼬닥 말라붙은 느티나무 아래서
가슴 쿵덕쿵덕, 아파트가 느릿느릿 허리를 펴고 얼굴 붉어지는 것
바라볼래
새들도 쪼아낸 햇볕들을 뼛속으로 꾹꾹 밟아 넣고,
여기저기 나무줄기처럼 흘러나간 길들 따라 자동차들이 헤드라이
트 깜박이며 아파트로 돌아오는 것 바라볼래
담뱃불 쑥쑥, 빨갛게 빨아먹는 사내처럼 입 벌리는 아파트들 바라
볼래
수액이 가릉거리는 느티나무 속에서 새들이
서로의 고단한 하루에 이불을 덮어주는 소리 들을래
여기저기 방들마다 서로의 체온을 비벼 채우는 소리 들을래
어둠이 내 발끝까지 차오르고, 땅의 두꺼운 입술과 하늘의 까만
입술이 붉게 달아오른 아파트를 삼키는 것 바라볼래
아파트가 불끈 힘을 주고 일어서서 어둠을 깨뜨리고 걸어 나와
허공에 별들을 쏟아내는 것 바라볼래
내 손으로 꼭 하늘에 따끈따끈한 별들 꾹꾹 눌러 달아놓을래

은행나무 골목

그녀와 키스하던 골목길, 그 길의 발목이 잘려나가는 통에 나는 뒤뚱거리고 있어요 골목 끝에는 데칸고원처럼 붉은 노을을 등에 업은 은행나무가 그녀의 미용실을 매달고 있고요

그녀는 가위를 째깍거려 은행나무 가지에 연록의 꽃들을 열심히 달아 올렸죠, 나는 그때마다 데칸고원의 파릇파릇한 방울토마토를 생각했어요 총알처럼 박히는 햇볕과 바람을 잘라먹는 방울토마토, 그녀의 입술과 눈동자가 미용실에서 볼록볼록 붉어지고, 나는 할아버지의 등짝처럼 넓은 은행나무 등 뒤에 붙어 가릉거리는 숨소리를 들어요

할아버지는 오늘도 금방 딴 방울토마토를 지고 바오밥나무 줄기 속으로 들어가겠죠 어릴 때 나는 밤새 어둠을 조각내며 두꺼운 외투를 두른 바오밥나무에게 양쪽 귀를 걸어놓고 맨발로 종종거렸죠 할아버지가 활짝 창문을 열어젖힐 때, 나는 어린 야자수처럼 고개 젖혀 창문을 올려다봤죠

나는 겨우 할아버지 손에 들린 녹슨 전지 가위였어요 바람에 이리저리 튕겨나가 버리는 누런 열매, 나는 잘린 발목의 안부를 그녀에게 전하려다 점점 나무밑동처럼 굳어가고 있어요

나비의 꿈

삼겹살집 앞에 장애인용 전동 휠체어가 시동을 접습니다
안에 있는 사람들이 눈으로 구워내는 우둘투둘한 연기
안구건조증까지 있는 그녀와 그가 안으로
팔과 다리와 얼굴을 이리저리 비틀고 흔들며 비집고 들어가
한가운데 자리에 앉습니다
아지랑이처럼 아른거리는 냄새에 불을 붙이고
그녀가 셀프서비스 길 따라 뒤뚱뒤뚱 푸른 상추를 따옵니다
그가 삼겹살처럼 오그라들며 삼겹살을 굽습니다
옆 테이블 사람들이 눈을 흘깃흘깃
그녀가 상추를 펴 고기 한 점 올려놓고 그 위에 마늘 한 쪽 고추
한 조각 집어 올려 그에게 건네다가
두 눈에서 눈물이 와르르
맛있게 모아놓은 기름지고 풋풋한 초점이 와장창 깨져버립니다
사람들의 시선이 상추의 겉잎처럼 다닥다닥
그가 비틀비틀 십 리도 넘는 비포장길을 눈물을 닦으며 걸어가
상추의 속잎처럼 두 손을 파닥파닥
그녀의 눈물을 닦아 냅니다, 그들이 다시 고기를 한 쌈씩 싸들고
외줄을 타고 만나듯 아슬아슬한 건배
과속 방지턱을 떼어내듯 사람들의 시선을 뚝뚝 떼어내고
전등불빛 뽀얗고 포근한 안에서,
붉은 나비 두 마리 훨훨 날아다닙니다

도미, 아줌마

손님들이 도미회를 주문하면
나는 도미, 아줌마가 된다
눈송이들이 유리창으로 멸치 떼처럼 헤엄쳐 들어오는 저녁
쟁반 위에 몸통을 잃은 도미가 파닥인다
나는 탁자에 푸른 바다를 살짝 내려놓으면서
문득, 야간 대리운전하던 남편을 생각한다
싸락눈처럼 반짝이는 불빛 향해 손을 파닥이다가
주먹만 해지는 불빛에 부딪쳐
자동차 유리창처럼 눈알이 조각조각 깨져버린 남편,
그도 한 마리 도미였을까?
차갑게 뒤집히는 물속에서였다
도미는 멸치를 잡아 물고 멸치보다
작은 새끼를 품고 있는 아내에게 돌아오곤 하였다
붉게 상기된 비늘과 지느러미로 사랑을 쓸어 넣고
문단속 잘하라 당부하며 바다로 달려나간 도미,
나는 숨을 깔딱거리는 도미의 아가미에 숨길을 대고
도미는 복숭아꽃잎 같은 살을 저며 펼치고 있다
파도를 오래 새겨 넣은 상춧잎 같은 지폐 한 장이
탁자 위에 밀려와 있다, 눈송이들이
내 눈으로 헤엄쳐 들어오고 있다

메추리알

플라스틱 소쿠리에 메추리알이 몇 개 담겨 있다

껍데기 얼룩 사이에 울긋불긋 집과 정원을 그려 넣으려
나는 메추리알 하나를 집어 들었다
송곳으로 알의 노른자와 흰자를 뽑아내려다가
나는 슬그머니 손을 거두었다
내 엉덩이에 아직도 남아 있는 몽고반점이 들썩였다

메추리는 알을 층층이 뱃속에 품고
사육장 그물막 바깥으로 지나가던 먹장구름과
짓궂은 저녁 눈보라의 빛깔과
꽃가루 날리는 허공의 향기를 잊지 않으려고
꼭꼭 다짐하듯 둥근 알의 표면에 얼룩을 그려 넣었을까?

내 엉덩이의 몽고반점 속에서
벌판을 또각또각 두드려나가는 말발굽소리가 울려나온다
벌판의 풀들이 이파리를 죽 펼쳐 파닥이고
나는 벌판 끝을 풀씨처럼 뚫고 나가 바깥바람을 탄 것 같았는데
내 손이 다시 플라스틱 소쿠리에 들어가 있다

그래서 메추리알이 허공으로 튕겨 나갔을까?
알록달록한 달이 땅에다가 벌판을 죽죽 그려나가고 있다

몇 년 동안 안고 산 시의 그늘 걷혀

짙은 안개 속으로 출근을 합니다. 햇살은 아직 산속에서 종종거리고 있습니다. 안개에 어둠이 잔뜩 물려 있습니다. 길이 보이지 않아 갑갑하기도 무섭기도 합니다. 나는 앞차의 엉덩이에 헤드라이트를 비추며 안개 속으로 점점 깊숙이 들어갑니다. 안개가 쉽게 걷힐 것 같지 않습니다.

3교시 수업 끝내고 쉬는 시간 불현듯 전화를 받습니다. 사방의 안개가 걷힙니다 몇 년 동안 꼭 안고 살아온 시의 그늘도 걷힙니다. 나는 벌판에 전신주처럼 서 있습니다. 이곳저곳으로 열심히 당선소식을 퍼 나릅니다. 흥성거리는 햇살이 벌판에 가득 차올라 있습니다.

금방 사연이 바짝 말라버립니다. 나는 홀로 두리번두리번, 꼼짝없이 벌판에 붙박여 있습니다. 알알이 드러난 내 몸뚱이를 내려다봅니다. 부끄럽습니다. 다시 어딘가로 숨고 싶습니다. 내일이면 밤이 제일 길다는 동지, 내 몸뚱이 가려줄 어둠 한 폭 정도는 여유가 있겠지요.

먼저 부족한 시를 선뜻 뽑아, 시의 꽁무니에 불을 붙여주신 오세영 선생님, 정호승 선생님 고맙습니다. 땅만큼이나 따뜻한 마음으로 시를 채찍질해 주던 여러 스승들과 친구들에게도, 고집불통 글쟁이 남편 때문에 내내 마음에 바람만 안고 살아가는 아내에게도, 올망졸망 예쁘고 순결한 내 어린 눈망울들에게도, 고마움 한 구절 이렇게 뽑아 올립니다.

고통을 긍정으로 극복하는 힘 돋보여

최종심까지 논의된 작품은 김강산의 「천렵」, 김연아의 「밤의 지평선 아래」, 김중곤의 「불알을 갈아 끼우며」, 문정의 「하모니카 부는 오빠」 등 4편이었다.

이 중 「천렵」은 천렵의 의미가 은유화되지 못하고 지극히 식상하다는 점에서, 「밤의 지평선 아래」는 공감대를 형성하는 힘이 약하다는 점에서, 「불알을 갈아 끼우며」는 해학적이라는 장점은 있으나 산문성이 강하다는 점에서 각각 제외되어 자연히 「하모니카 부는 오빠」가 당선작으로 결정되었다.

당선작 「하모니카 부는 오빠」는 현실적 고통을 고통스럽다고 말하지 않고도 고통을 느낄 수 있게 해주는 데에 큰 장점이 있는 시다. 그리고 그 고통을 아픔으로 느끼게 해주는 게 아니라 극복할 수 있는 아름다움이나 힘 같은 것으로 느끼게 해주는 미덕이 있는 시다.

그래서 이 시는 전반적으로 화사하다. 그렇지만 그 화사함이 추하거나 가볍지 않고 따뜻하고 정답다. 진솔하고 꾸밈 또한 없다.

마치 한 소녀의 입을 통해 끊임없이 꿈과 희망의 속삭임을 듣는 것 같다. 현실 인식의 시들이 대체로 부정적이고 어두운 데 반해 이 시는 긍정적이고 밝다.

캄보디아에서 온 한 노동자의 삶을 이야기하면서도 그 삶 속에 있는 '킬링필드' 의 고통조차도 모성으로 승화시키고 있는 아름다운 부분이 있다. 앞으로 큰 시인으로 성장해 나가길 기대해 본다.

심사위원 : 오세영 · 정호승

박미산

1954년 인천 출생
한국방송통신대학교 국어국문학과 졸업
고려대학교 국어국문학과 박사 수료
방송대학교 강사
2006년 계간 《유심》 시 부문 신인상
2008년 세계일보 신춘문예 시 당선

misan0490@empal.com

■세계일보/시
너와집

너와집

갈비뼈가 하나씩 부서져 내리네요
아침마다 바삭해진 창틀을 만져보아요
지난 계절보다 쇄골뼈가 툭 불거졌네요
어느새 처마 끝에 빈틈이 생기기 시작했나 봐요
칠만삼천 일을 기다리고 나서야
내 몸속에 살갑게 뿌리내렸지요, 당신은
문풍지 사이로 흘러나오던
따뜻한 온기가 사라지고
푸른 송진 냄새
가시기 전에 떠났어요, 당신은
눅눅한 시간이 마루에 쌓여 있어요
웃자란 바람이, 안개가, 구름이
허물어진 담장과 내 몸을 골라 밟네요
하얀 달이 자라는 언덕에서
무작정 기다리지는 않을 거예요, 나는
화티에 불씨를 다시 묻어놓고
단단하게 잠근 쇠빗장부터 열 겁니다
나와 누워 자던 솔향기 가득한
한 시절, 당신
그립지 않은가요?

문둥이가 사는 마을, 이랑진 무덤들 사이에도

나무에서 떨어지는 물방울, 여우비가 가볍지도 무겁지도 않다 문둥이 촌을 지나 공동묘지를 넘는다 신발 소리가 들려온다, 발걸음을 멈춘다, 따라오던 발걸음이 사라진다

풀벌레, 산새소리도 들리지 않고 내 발자국 소리만 산에 가득하다 사촌오빠의 등에 업혀 집에 가는 길에 들은 이야기가 귓가에서 윙윙 댄다, 어린아이의 간을 먹으면 문둥병이 낫는다는, 얼굴에선 땀인지 빗물인지 뚝뚝 떨어지고,

목덜미와 등허리에도 송곳 같은 땀이 꽂힌다 반짝, 해가 나고 내 발자국 소리는 더 크게 들려오고, 넓은 공동묘지에는 적막이 굽이굽이 이어져 있고, 이랑진 무덤들은 고요하고, 무지개는 문둥이 마을에도 웅덩이에도 들어앉아 있고,

고모님 댁은 한등고선 젖히면 닿을 수 있는 곳 문둥이 마을은 이미 지나쳐 왔고 고래처럼 숨을 들이마시며 내뱉는데, 내 엉덩이를 툭 치는 아저씨, 눈썹이 없다, 무지개는 왔다가 되돌아갔고, 우북한 풀이 무르팍까지 올라오던 열두 살 여름

까맣게 익어가는 진가의 돌멩이

남자는 늘 같은 행동을 반복했지
때에 절은 창푸파오*를 입고 돌멩이를 날렸어,
남자가 던진 돌멩이는 해가 갈수록 까맣게 익었어
눈이 와도 열매가 매달린 포도밭
시도 때도 없이 잘 익은 열매는 인천교까지 휭휭 떨어졌어

달빛을 삼킨 열매를 씨도 뱉지 않고 먹었어, 우리는
새까맣게 타버린 혓바닥을 서로 보며
소리내지 않았어, 킬킬
이 나무에서 저 나무로 옮길 때마다
우리들의 뱃가죽이 봉긋 솟아나고

달은 과수원에만 맴돌고 있는데
뜯어낸 철망 사이로 누군가 한 점으로 서 있었어
가! 가! 소리를 귓등으로 흘려버리고, 우리는
쌍절곤을 휘두르는 흉내를 내며
헐렁한 셔츠 가득 포도를 따서 담았어

광속으로 날아온 돌멩이가
포도밭에 엎드려 있던 우리 옆구리 사이로

머리 위로, 아슬아슬하게 날아왔어
물컹한 포도알을 밟으며
우리는 달리고
어느새 고수가 되어버린 진가의 돌멩이는 날고

* 창푸파오 : 평상복이라는 뜻의 중국어.

열꽃의 계절

돌아갈 길 끊긴 뜨거운 비바람

열대와 한대를 수시로 넘나들고 있소

흠뻑 젖은 이부자리에서

달아오른 먹구름이 등허리를 치며

열꽃을 활짝 피우고 있소

발끝에서 머리끝까지 북상하며

내밀한 골짜기까지 피어나는 열꽃

우기 내내 계절풍에 휘둘렸소

꽃과 바람의 계절이

한대의 하늘을 몰고 오고 있소

뿌리뽑힌 잠은 사바 아사나*로 누워 있는

나의 이마를 짚으며 기승을 부리오

더웠다 추웠다 불편한 날들이 계속되고, 나는

사십 도의 열, 꽃이 지나간 길을 손가락으로 읽고 있소

* 사바 아사나 : 요가의 기본자세로 송장자세라고 함.

지나가는 봄

꽃들은 왜 피는 거야
아직 겨울은 녹지 않았는데
우박이 쏟아지고 있잖아
퍼렇게 멍든 시간은 휙휙 지나가는데
우울증이 도졌나 봐요
나는 전화 부스 뒤에서
피어나는 꽃모가지들을 함부로 잘라요
잘려진 혀들이 떨어지고
오려진 입술이 아스팔트 바닥에 짓물러요
그에게 전화를 하려고 부스에 들어가려는데
오늘따라 부스마다 활짝 웃는 입술이,
혀가 널름거려요
다시는 봄을 맞고 싶지 않다고
그에게 말하려고 했는데
부스를 발로 차고 다시 뛰기 시작했어요
내 혀에선 곰팡이꽃이 피어나기 시작하고, 헉헉
질주하는 두 발은 날개가 돋아났어요
사방에 빌딩 창문들이 깨지는 소리가 들려오고
자동차들이 경적을 지르며 달려가고 있지만
나는 도착할 곳이 없어요

하늘의 흐린 눈동자들이
손우산을 한 나의 머리통을 때려요
나는 발라드를 좋아하는데
봄은 팔분의 구박자
탭댄스로 빠르게 오고 있어요

주 역

　뒤엉킨 숲이다 그 행간을 지나 칼끝을 맞부딪치고 싶다 건괘와 곤괘 음과 양이 길을 막고 있다 서릿발 하얀 하늘에 날려 보낸 검은 새들 빽빽한 숲 가장자리를 친다 칼로 검은 새들을 해부한다 흩어지는 문장들, 조금씩 보이는 길들, 길과 길 사이 빛줄기가 희미하다 빛에 칼집을 내며 깊고 아득하게 굳어 있는 길을 건너간다 그러나 흩어졌던 잎들, 잎들, 겹겹이 엎드려 쌓인다 어깨를 좁히고 보폭은 작게, 세계의 밤은 깊어 가고 길을 잃고 날아다니는 기호들, 숲을 휘감고 있는 바람이 순간 번뜩인다

　나는 가끔 그 숲에서 걸어 나오는 사내를 만나기도 했다.

살냄새 나는 시를 쓰고 싶다

나는 무언가를 시작할 때라든가 막막한 나날이 계속될 때마다 산을 탔다. 바싹 마른 말이 먼지를 피우며 스르르 무너지려 할 때 지리산을 완주했고, 봄 여름 가을 겨울 설악과 북한산을 다니면서 내 몸을 다져 밟았다.

잘근잘근 밟혀 돌아오면 후줄근한 내 몸에서 말들이 피어나왔다. 허기진 가슴에서 바람이, 구름이, 안개가 시로 피어났고 때로는 미처 피어나지 못한 말들은 나도 모르게 곳곳에 쌓여 갔다.

찰랑찰랑 의심하던 사랑을, 요절을, 시를 여름 계곡에 떠나보내고 푸른빛이 사라져 이슥해진 나의 겨울 계곡은 은빛의 물뿌리가 드러났다. 바닥이 다 드러난 나는 솔솔 내리는 눈발에 목을 축이고 사모하는 긴 혀를 따라 구불구불 의심했던 길을 다시 갔다.

피어나지 못했던 말은 부패되지 않은 채 골짜기로 흐르고 있었으며 이리저리 부딪치며 새 물길을 터뜨리기도 했다.

지난밤 나는 가장 예쁜 꿈을 꾸었다. 눈 쌓인 계곡에 차가운 바람을 얼굴에 맞으면서도 지천으로 피어나던 꽃살문들이 활짝 웃고 있었다.

내가 늘 존경했던 선생님께서 나에게 '늦게 피는 꽃' 이라고 말씀하셨던 기억이 새롭다.

지진아처럼 느리게 공부하는 나에게 격려와 질책을 아낌없이 해주신 최동호 선생님과 합평회를 할 때마다 묵사발을 만들어준 수요시창작팀, 유안진 선생님, 장만호 선생님께 감사드린다.

치매로 고생하시는 시어머님과 여든을 훌쩍 넘겼는데도 식당일을 하시는 친정어머니, 묵묵히 나를 지켜준 남편과 사랑하는 두 딸 단비와 차래에게도 고마움을 보낸다.

십 년을 함께 땀흘린 택견패들에게도 기쁨을 함께 나누고 싶고, 무엇보다도 유종호 선생님과 신경림 선생님 두 분 심사위원께 감사드린다.

오랜 세월 흐르는 동안 유연하고 너그러워진 말로 살냄새 나는 시를 쓰고 싶다. 나는 우리들의 삶을 감싸안는 따뜻함이 묻어나는 시를 씀으로써 두 분 심사위원께 두고두고 은혜를 갚을 참이다.

신선하고 맛깔스럽게 쓴 아주 따뜻한 시

예심을 거쳐 올라온 작품들의 수준이나 내용이 비슷비슷했다. 특별히 개성 있는 시가 별로 눈에 띄지 않았고, 재미있게 읽히는 시도 많지 않았다. 하지만 「실직」(이재근), 「나비의 꿈」(문계현), 「너와집」(박미산) 같은 작품들은 신춘문예라는 관문을 통과할 수준은 넉넉히 되었다.

먼저 「실직」은 삶에 뿌리박은 정서의 시로서 호소력을 갖는다. 한데 무언가 신선한 맛이 덜하고, 죽음의 이미지가 시를 무겁게 만든다. 게다가 너무 건조하다. 같은 작자의 「얼굴」은 읽는 재미는 「실직」보다 낫겠는데, 산만하고 장황한 것이 흠이다.

「나비의 꿈」은 장애인 부부의 외식 나들이가 소재가 된 시로서, 그 의도는 충분히 이해가 되는데 비유가 좀 억지스럽고 관념적이다. 외국인 근로자가 화자가 되고 있는 '붉고 둥그스름한 다라이'는 정리가 더 돼야 할 소재 같다.

하지만 남과 같지 않은 상상력은 그의 앞날에 기대를 가지게 만든다.

마지막으로 「너와집」은 아주 따뜻한 시여서 일단 호감이 간다. 물론 「너와집」은 실제의 너와집이기보다 '당신'과 '내'가 만든 사랑의 집일 터, 그 비유가 호소력이 있어 아름답기까지 하다.

말이나 감각도 신선하고 맛깔스럽다. 「문둥이가 사는 마을, 이랑진 무덤들 사이에도」는 열두 살 여름의 추억을 소재로 하고 있는 시로서 아주 새로운 것은 아니지만 재미있게 읽힌다.

이렇게 해서 우리 두 심사위원은 최종적으로 박미산의 「너와집」을 당선작으로 결정했다.

심사위원 : 신경림 · 유종호

방수진

1984년 부산 출생
2003년 경희대학교 국어국문학과 입학
2005년 경희대학교 대학주보사 주최 문예현상공모 시 당선
2007년 경희대학교 국어국문학과 휴학 중
2007년 중앙신인문학상 시 당선

fomay@chol.com

■중앙일보/시
창고대大개방

창고大개방

1

선전물이 붙는다 오늘 하루뿐이라는 창고大개방
준비 없는 행인의 주머니를 들썩이게 만든다 간혹
마음 급한 지폐들이 앞사람 발뒤꿈치를 따라 가고 몇몇은
아예 선전물처럼 벽에 붙어버린다
떨어진 상표딱지, 올 풀린 스웨터, 뜯어진 주머니, 비뚤거리는 바
느질까지
다들 제 몸에 상처 하나씩 지닌 것들이다
습기 찬 창고에서 울먹이는 소리는 여간해선 지상으로 들리지 않
는 법

2

조금은 잦은 듯한 창고 개방이 우리집에도 열린다
일 년에 다섯 번 혹은 예닐곱으로 늘어나기도 하는 그날엔
아버지 몸에서 하나둘씩 튀어나오는 물건들을 받아내느라 힘들다
하지만 나는
집안 여기저기서 날아오는 냄비며 플라스틱 용기들이
조금씩 떨고 있는 것을 보았다

때론, 손끝에서 퍼진 그 울먹임이 아내의 머리를 찢고
다리에 멍울을 남기고 깨진 도자기에 발을 베게 만들지만
아버지의 창고 그곳에서
누구도 딸 수 없었던 창고의 자물쇠가 서서히 부서지고,
서로 쓰다듬을 수 없어 곪아버린 물집들이
밤이면 울렁거리는 속을 부여잡고
제 심장소리에도 아파하고 있을 것이다

　　3

아직, 연고 한 번 바르지 못한 상처들로 창고가 북적거린다
창고의 문을 열어두는 이유는
더는 그것들을 보관할 수 없어서가 아니다
서로 다리 한 쪽씩 걸치고 있는
우리들의 절름발이 상처를 들여다보는 것이다
몇 번의 딱지가 생기고 떨어졌어도
한 번 베인 자리는 쳐다보기만 해도 울컥하는 법이지
그래서 창고 개방하는 날
거리에는 저마다의 창고에서 빠져나온
우리들이,
눈송이처럼 바닥을 치며 쌓여가고 있었다

낙엽을 버티는 힘

가랑비 몇 방울에도 못 이기는 척
떨어지는 낙엽이 있다
잎맥 끝자락부터 제 몸을 뉘여 놓는, 허나
누군가의 어깨 위로 제 몸을 던지는 것이 아니라
낙엽과 낙엽 사이 그 허공의 힘으로 눕는다

평생, 서로의 등짝만 보고 살아간다는 일

밤이 되면 우리는 누군가를 견뎌야 한다 아래층 여자는 나의 등을
나는 윗집 남자의 등을, 밀어야 한다 그 등짝에서 박차고 나왔던 식
탁이 보이고 뺨 위로 스친 손바닥이 보이고 내지 못한 이력서들이
가득 찬 책상이 보이지 누군가 이 천장을 밀고 우리의 등짝을 받치
고 있다는 것, 한 평 남짓한 방이 밀어주는 힘으로 쌓여가는 우리들,
허공들,

몇 가지 음식 나누어 주러 들른 옆집 벽 뒤로
낙엽들이 조금씩, 들썩이고 있다
어떤 사내가 밟아 깨우기 전까진 그들은
제 뒤를 못 본 채 꿈을 꿀 것이다

매일 누군가의 등짝을 밀면서도
우리가 조금씩 앞으로 나아가는 이유를 몰랐던 것처럼

마지막 12분간의 대화

버스 뒷좌석 하나 차지하고 앉았다
새벽, 버스 창문에는 일찍 도착한 아침들이
그림 몇 개를 그려놓고 간다
신호 몇 개가 동시에 걸리는 때면
사람들 손에 들려 있는 이력서며 장바구니며
최신유행 헤어스타일까지
속옷에 찌든 때같이 소소한 것들을
일간지 삼아 읽어보기도 하지만
가끔은, 달려온 시간만큼 정차하던 버스를 떠올린다
한여름날, 갑자기 툭 떨어지는 단추처럼
현관으로 굴러들어온 그는
편도만 끊어 왔노라 했다
한쪽 귀퉁이 헐어 해진 옷도 벗고
바람에게 목덜미도 맡기고 왔다 했다
겨울, 창문에 낀 성에를 닦으면서
기한 지나버린 어음같이 희희덕거리는 사내를
어떤 이는 엔진에 문제가 있다 하고
어떤 이는 기름이 다 떨어졌다고 하였지만
그의 아내, 꿈쩍 않는 그의 입가에 밥풀만 떼어냈지
버스가 멈출 때마다

약속한 듯 입을 다무는 사람들이 있다
그들의 동공이 창문 바깥으로 얼어붙은 날이면
좀처럼 정지선을 넘지 못하고
이제 막 맞은편 차편을 끊은 사람들,
맨 뒤 좌석에서 한 번쯤 이렇게
출발하지 않는 버스를 꿈꾸는 사람들이 있음을 안다

포도알 기록서

포도알이, 세상에, 딱딱하다
삼일밖에 되지 않았는데
포도를 냉장고에 넣어둔다는 게 기억까지 넣어버렸나
잘못 삼킨 음식물처럼 그렇게 꿀꺽
며칠을 잊고 살았다
성질 급한 두 놈은 흰 버짐을 피운 채 제몸을 단단히 겨누고 있었다
쟁반에 담겨온 포도의 시큼한 시위, 수분을 버리고 안으로, 안으로
숨으려 더 단단해진 포도알
때론 제 몸뚱어리 하나가
견딜 수 없을 만큼 버거울 때 있다
그래서 제 살을 발라내고 저토록 앙다물게 되었을까
내가 보낸 주파수는 항상 높거나 낮아
돌아오지 않는 문장들이 자꾸
태초에 품었던 이 포도씨 같은 자리를
헤집고 넘보곤 했었지
밤이 될수록 쪼그라들고 딱딱해져가는 쪽방에서
무섭다, 무섭다 창문으로 들어오는 바람도 막고
행인들의 구두 굽소리 웃음소리, 그림자
그 수신불가의 음성들이 마구 껍질을 벗기던 날이 있었다
하나둘씩 떼어 먹다 보니 두 알만 남았는데

저 딱딱하게 굳어버린 포도알처럼
내가 끝내 쥐고 있었던 것은 무엇이었을까
포도씨를 뱉지 않고 삼키는 습관을 가지고 있다
누구 하나 꺼내주지 않는 냉장고 같은 어둠에서
쪼그라든 손이며 발이며 온몸
뒤척인 적 있다

허바허바 사진관의 이력서

강남역 1번 출구 바로 앞
허-바 허-바 하는 순간들이 입을 벌린 채
흐른 시간들, 그 틈 사이에서 허우적거리고 있는
명확한 컬러의 자신감, 허바허바 사진관이 있다

허술한 필름이든, 바르게 나온 필름이든 이곳에 맡겨진 것들은 철저히 사각의 틀 속에 갇힌다 셔터를 누르는 순간, 움직이지 못하게 된 그들이라도 심장은 뛰고 있었을진대, 무심히 걷고 있었던 사람의 손바닥도 이제 막 펼 준비를 하고 있었을지도 모른다 허나, 이곳은 축하를 전하려던 사람의 떨리던 동공까지 포획하여 햇빛에 널어 말리고 있는 중이다

제 속을 들어낸 것만이 보존될 수 있다 몸속의 수분은 모두 말라버린 지 오래, 그들의 내부는 현상現像과 함께 버려졌을 것이고 언젠가 박제된 기억이, 십 년 가까이 만세를 부르는 저 사내의 어깨를 조금씩 무너뜨릴 것이다 개중 내뱉지 못한 말들은 먼지가 되어 쌓일 것이고, 공중에 한쪽 엉덩이를 걸친 여자의 허리가 위태롭다

사마귀의 몸속에서 성장하는 연가시, 그것은 사마귀의 신경을 자극해 물가로 뛰어들게 한 뒤 몸에서 나와 알을 낳고 번식한다는데,

액자에서 갓 나온 그들이 걸어다니는 길은 사마귀의 내장처럼 말이 없고 잘 말려진 기억만이 허바허바 사진관의 문 앞을 장식하고 있었다

부드러운 통로

벌레 먹은 사과에도 힘줄은 있다 제 살에 짓무르고 벌레의 습격을
받은 것들이라도 끝내 지키고 싶은 것은 있는 법 수분을 뺏기지 않
으려 세포 하나하나마다 팽팽한 긴장의 실선들 버려진 구역조차 허
용하지 않는다 한 입 베어문 곳에 찢어진 힘줄을 본다 동의 없는 방
문은 항상 입가에 끈적거리는 진물만 배어 나오게 했었지 한 번도,

　강제로 살을 파고든 적 없었다
　벌레는 살갗이 무르고 터질 때까지
　시간의 뒤를 좇을 뿐

　벌레의 통로는 부드러웠다
　몸뚱이가 스쳐간 곳은 모두 상처였으나 아프지 않았다
　그 누구의 방이든지 제 몸 집어넣는 것이
　나오기보다 어렵다는 걸, 뱃가죽 몇 번 찢기고서야 알았다

사과는 시간이 지나면 몸 여기저기에 멍이 든다 서서히 열리는 부
드러운 통로들, 힘줄을 사뿐히 넘고 통로의 밑바닥을 삭삭 긁으며
전진하는 벌레들, 부드러운 흔적들이 달콤하다

곪아 터져가는 모든 것을 가슴에 품겠다

무작정 밤길을 거닌 적이 있었습니다. 세상 모든 이름이 사라지고 어둠만이 기지개를 켜는 그곳에서, 상처 입은 것들의 울음소리를 들었습니다. 이제 곧 물러터질 것들과 이미 썩어 문드러진 것들의 변주 교향악. 제멋대로 음계를 오르락내리락, 밤은 그렇게 깊어만 가고 나는 그곳에서 한 발자국도 뗄 수가 없었지요. 조금씩 흔들리는 나뭇잎들 사이에서 제가 얼핏 본 것이 당신이었나요.

살짝 스치기만 해도 배어 나오는 진물을 봅니다. 상처 입은 것들의 요람을 찾아 불빛 하나 보이지 않는 밤을 등에 업고 이곳까지 왔습니다. 내 언어가 그곳까지 닿아 조용히 잠들 수 있기를 바라왔습니다. 교향악 악보에 하나씩 그려지는 내 언어의 음표들은 누구를 부르고 있나요.

갑작스레 받은 당선소식도 이 오선지 위로 떨어지는 그들의 눈물 같은 것이겠지요. 손꼽아 봅니다. 그들의 상처 덮어줄 이파리를 찾아 길을 나선 밤들을.

아직 많이 부족한 제 시를 뽑아 주신 심사위원 선생님들께 우선 진심으로 감사드립니다. 언제나 묵묵히 저를 지지해 주시는 부모님 감사합니다. 군 생활 열심히 하고 있는 동생 성현이, 뜨거운 시를 쓰자고 약속했던 은지, 현진이를 비롯한 문예창작단 학우들, 경희대 국어국문학과 선후배님들, 현아, 부산 죽마고우 그리고 정신적 나침반이 돼 주었던 진아, 은지, 유나, 가연, 신정, 미리에게 감사의 말을 전합니다. 무엇보다 진흙에서 손수 저를 캐내주신 박주택 선생님 진심으로 감사드립니다. 민영이, 김원경 시인 두 분 모두 건필하시기를. 지금도 서울에 대학간 손녀 자랑이 삶의 힘이라고 하시는 할머니께 진심으로 감사하다는 말 전합니다. 해여중 서욱성 선생님 아직도 시와 함께 길을 걸으시나요. 뵙고 싶습니다. 마지막으로 사진을 찍어 주신 한종수 님을 비롯한 이 넓은 중국 땅에서 만난 멋진 인연들 모두, 감사합니다.

황해를 건너 중국으로 넘어온 반가운 전화 한 통을 받았습니다. 제가 뱉어낸 언어들이 저마다 길거리를 활보하며 춤추는 밤입니다. 세상 모든 상처받은 것들의 울음을 거두어가는 일, 그것들을 빼곡히 오선지에 그려가는 일이 제가 해야 할 일이겠지요. 울음과 절규로 시를 쓰겠습니다. 제가 빚어낸 언어들이 조용히 잠들 수 있도록 세상 모든 곪아 터져가는 것들을 가슴에 품겠습니다.

바람이 세차게 따귀를 때리고 갑니다.

그래도, 웃고 싶은 오늘입니다.

시적 대상 장악하는 힘 뛰어나

　최종심에 오른 응모자가 30명이었다. 적은 숫자가 아니었다. 보통 본심에는 10명 안팎이 오른다. 예심 심사위원들은 좋은 작품이 많아서 행복했는지 모르지만, 본심 위원들은 고통스러웠다. 30명의 개성이 아니라 4~5개의 유형으로 보였기 때문이다. 응모작들은 차이보다는 유사성이 먼저 눈에 띄었다.

　우선 작품의 길이와 형태가 거의 같았다. 행을 구분한 시의 경우, 대부분 A4 용지 한 장을 가득 채우는 분량이었다. 또 산문시가 압도적이었다. 어떤 응모자는 응모작 7편이 모두 산문시였다. 시의 길이와 형태에 대한 '자기 검열'을 하지 않는다는 것은 작은 문제가 아니다. 내용적으로도 많이 겹쳤다. 흔들리는 가족, 이주 노동자에 대한 연민, 외국 여행(주로 유럽) 체험, 신체에 대한 그로테스크한 해석 등이 자주 노출되었다. 두 응모자가 「노르웨이 숲」이란 같은 제목을 달기도 했다.

　응모자들은 저마다 뛰어난 카메라를 갖고 있었다. 초점이나 색채, 구도, 즉 미장센은 거의 완벽했다. 하지만 그 대상을 왜 '촬영'하는 것인지, 또 그렇게 촬영하고 편집한 '화면'을 통해 무엇을 말하려고 하는지 알 수 없었다. 감독이 보이지 않았다. 카메라가 있으니까 찍는 것처럼 보였다. 예비 시인들은 시는 오로지 이미지의 배열이라고 확신하고 있는 듯했다. 시에서 이미지는 물론 중요하다. 그러나 이미지만으로는 시가 되기 어렵다. 이미지 과잉은 곧 메시지(의미)의 결핍이다. 시에서(삶에서도 그렇지만), 과잉과 결핍은 결코 미덕일 수가 없다. 시 역시 '타인에게 말걸기'라면, 이미지 과잉으로는 독자에게 말을 걸 수가 없다. 더구나 저 독자가 시대와 문명을 포함하는 것이라면, 하루빨리 자폐적인 시쓰기에서 벗어나야 한다.

마지막까지 논의된 작품은 셋이었다. 김학중 씨의 「저니 맨」, 박은지 씨의 「열쇠, 도장」, 그리고 방수진 씨의 「창고대大개방」. 김학중 씨의 「저니 맨」은 삶의 한 국면을 깊숙이 들여다보는 시선이 돋보였다. 하지만 함께 응모한 다른 작품들의 수준이 고르지 못해 아쉬웠다.

박은지 씨의 「열쇠, 도장」과 방수진 씨의 「창고대개방」 두 작품 중에서 당선작을 골라야 했다. 문장은 박씨가 세련되었으나, 시적 대상을 장악하는 힘이나 시의 구성에서 방씨가 조금 앞서 있었다. '조금'이라는 표현에 유의하시길 바란다.

김학중 · 박은지 씨는 조만간 다른 경로를 통해 시인이 될 것으로 기대되는데, 부디 등단 시기나 절차에 과민하지 않았으면 한다. 문제는 데뷔가 아니고, 데뷔 이후다. 시인이 된 이후, 어떤 시를 쓰느냐가 문제다. 당선자 방수진 씨는 오늘 아침 활자화된 당선소감(초심!)을 평생 잊지 말기를 바란다.

심사위원 : 이문재 · 장석남

유희경

1980년 서울 출생
2000년 서울예술대학 문예창작과 졸업
2007년 신작희곡 페스티벌 당선
2008년 한국예술종합학교 극작과 졸업(예정)
2008년 조선일보 신춘문예 시 당선

mortebleue@naver.com

■조선일보/시
티셔츠에 목을 넣을 때 생각한다

티셔츠에 목을 넣을 때 생각한다

1.

티셔츠에 목을 넣을 때 생각한다
이 안은 비좁고 나는 당신을 모른다
식탁 위에 고지서가 몇 장 놓여 있다
어머니는 자신의 뒷모습을 설거지하고 있는 것이다
한 쪽 부엌 벽에는 내가 장식되어 있다
플라타너스 잎맥이 쪼그라드는 아침
나는 나로부터 날카롭다 서너 토막이 난다
이런 것을 너덜거린다고 말할 수 있을까

2.

티셔츠에 목을 넣을 때 생각한다
면도를 하다가 그저께 벤 자리를 또 베였고
아무리 닦아도 몸에선 털이 자란다
타일은 오래되면 사람의 색을 닮는구나
베란다에 앉아 담배를 피우는 삼촌은
두꺼운 국어사전을 닮았다
얇은 페이지가 빠르게 넘어간다
뒷문이 지워졌다 당신이 찾아올 곳이 없어졌다

3.
티셔츠에 목을 넣을 때 생각한다
간밤 당신 꿈을 꾼 덕분에
가슴 바깥으로 비죽하게 간판이 하나 걸려진다
때절은 마룻바닥에선 못이 녹슨 머리를 박는 소리
아버지를 한 벌의 수저와 묻었다
내가 토닥토닥 두들기는 춥지 않은 당신의 무덤
먼지들의 하얀 뒤꿈치가 사각거린다

아침인사

나는 한 칸에 놓여 있다

윗부분이 슬쩍 지워진 보름의 달이 조금 시커멓게 몸을 드러낸다 어두운 무게로 밤은 한 칸을 지우며 찾아오고 있다 정사각형의 입자를 가지고 날은 다시 태어난다 달력은 새로운 날들의 성지다

샤워를 하는 동안 어젯밤의 당신이 지워지고 있다 귀 뒤에 모기가 문 흔적이 돋아났다 나는 못 보고 당신은 볼 수 있는 자리다 당신의 눈 속 가느다란 촉수는 날마다 자라나고 나는 당신 앞에서 간지럽다

상처가 날 때만 나의 껍질을 본다 당신도 투명한 껍질 밖으로 표정이 밀려나오는 나의 껍질을 보고 있다

옷 속으로 말려들어가는 마른 뱃살 속에는 아직 그대가 만들어준 아침식사가 살고 있다 아무리 밀어내도 밀려나지 않는 당신은 한 칸이다 지난 겨울 들었던 종소리처럼 댕댕 울며 사라지지 않는

우연히 발견된 웅덩이

버스를 기다리다가 웅덩이를 밟는다
그 시커먼 속을 길게 두고 본다
한 여자의 눈매를 닮았다
우연히 알게 된 여자
죽어도 자고 싶은 생각이 안 들던 여자
나를 붙들고 한참을 울었던
왜 울었는지 기억나지 않는 여자
그녀가 움직일 때마다
조금씩 조금씩 흔들리며
흘러내리던 검은 실핀을 기억한다
그 밤 나는 비밀 하나를 생포했다
아까보다 조금 더 어두워진 주변으로
더러운 거품이 밀려와 터진다
남자의 발이 웅덩이를 밟고 지나간다
몇 방울이 바짓단에 묻는다
빗물이 길을 묻는다
빗방울이 가운데로 모인다
누군가 지나간다
다른 눈매가 밀려든다
아무도 우산을 펴지 않았으면

거대한 남자의 하루

매일 아침 남자는 파라솔을 편다 구름의 밝은 면과 어두운 면이 닿아서 부드러운 경계를 만든다 낮은 구름이 그 아래를 지나갈 때 그늘 속으로 들어간 남자의 다리가 환하다 뜨거운 의자에 앉아서 뿌리처럼 단단하게 기다린다

도시의 일부를 통과하는 어두운 구름이 비를 뿌리자, 사람들이 건물 안으로 달려간다 남자는 파라솔 아래에 앉아서 반짝이는 이를 드러내며 그들이 일으키는 낯익은 소란에 귀를 기울인다

빗줄기 굵어진다 그는 건물 안에 숨은 사람들과 눈을 마주치며 옛 애인의 결혼식을 떠올린다 검은 구름이 조금 밀려나가고 비가 그치자 건물 밖으로 나온 사람들이 흩어진다 남자는 아직도 기다리는 중이다 모든 순간이 창문이 될 때까지 그는 파라솔을 접지도 움직이지도 않고 한 군데도 젖지 않았다

저녁이 찾아오고 모든 것들이 창문으로 찾아왔을 때 남자가 일어난다 거대한 손가락이 움직인다 튕겨진 공중으로 골목길과 지붕들 그리고 일제히 눈을 뜨는 창문들이 편입된다 새가 난다 굉음을 내며 지구의 일부가 우주의 어두운 부분을 바라본다

그가 접은 파라솔 너머 광장 전광판 위에서 점멸하는 시간이 드러
난다 검은 원피스 차림에 이어폰을 낀 여자가 남자에게 지폐를 건넸
을 뿐 모두 그를 보지 못하고 바쁘게 돌아간다 남자는 느리게 일어
나 뒷모습만 남긴다 사내가 앉아 있던 자리에 악취가 헛구역질을 하
고, 종일 공친 가판대 여자 고개를 숙인 채 가래를 뱉는다

소년 이반

이반은 아침 일찍 일어나 부엌으로 갔다 어머니는 바람 없는 대나무처럼 고요했다 아버지 귀 떨어뜨리시고 집을 나가셨다 이반은 책상서랍에 귀를 넣어두었다 어머니는 떨어뜨린 면도칼처럼 차가웠다

이반은 귀를 발견했다 늦은 밤 놀이터 구석진 벤치에 앉아 귀를 기울였다 자기 울음소리를 끝없이 듣고 있었다

이반은 울음이 매달린 자신의 귀가 자랑스러웠다 이반은 매일 아침 출근하는 동생 등에서 무언가를 들었다 무언가 반짝이는 것이 반짝이는 소리를 냈다

이반은 수염을 잘랐다 어머니는 너른 억새 숲이 되어갔고 이반은 그 발밑에서 늪이 되었다 그것 말고는 부석거리는 어머니를 설명할 길이 없었다 귀에는 낡고 흔한 울음이 알 수 없는 애를 쓰며 매달려 있었다

미치광이들의 참치 파티*

—— 모자장이 해터, 3월의 토끼, 도어마우스 그리고 앨리스의 어느 날 밤의 행적

an hors d'oeuvre_그들

식은 전복죽의 태도로 3월의 토끼가 말한다 여긴 맘껏 먹어도 만
오천 원이지 오늘은 도어마우스의 이백 번째 월급날 그들은 직장인
들이 바글대는 자리를 피해 구석자리에 앉는다

main dish_참치의 노래

소주병을 움켜쥔 채 잠든 도어마우스의 잠꼬대 사이로 벌겋거나
하얀 조금씩 언 참치 속살들이 접시에 담겨 나온다 참치가 말한다 :

입을 벌려서 살을 넣어줘 나는 가난한 남자 뱃속 알주머니는 기대하지
않는 게 좋지 와사비의 춤은 단정하고 또 단정하지 내 말을 들어봐 창 밖
에는 서글픈 바람 그 사이 흔들리는 여자의 오래된 치마, 어디선가 나프탈
렌 냄새

그들은 무관심한 젓가락을 든다 그러나, 먼 바다에서 오는 방법은
이뿐이야 앨리스가 생각하는 동안 3월의 토끼는 주가 하락에 대해
걱정하고 모자장이 해터는 옛 씨엠송 몇 곡을 부른다 앨리스가 참치
를 아삭아삭 씹으며 일곱 가지 추억을 불쑥 떠올렸다 잊는 사이 침
묵을 지키던 3월의 토끼는 어느 밤 애인에게 뺨 맞은 한 남자의 턱
수염에 대해 말한다 모자장이 해터가 까칠한 턱수염을 매만지며 웃

고 난 뒤 침묵이 흐른다 그 마을로 넘어가는 고가는 한 개뿐이야 해터가 말했을 때 그건 어쩐지 슬프기도 하다가 외롭기도 하지 도어마우스가 잠꼬대처럼 중얼거리다 다시 잠 속으로 끌려간다 옆방에선 불꽃놀이처럼 웃음이 터지고 침묵을 지키던 그들은 일어나기로 한다 3월의 토끼는 오늘을 내일 팔아야 하고 도어마우스는 밀린 잠을 자야 하며 모자장이 해터는 모자 속에 넣어 둘 슬픔을 사러 가야 한다 필터까지 담배를 태우던 앨리스는 이들이 수상하다

dessert_밤의 궤적
한꺼번에 길을 건넌다 먼저 3월의 토끼가 낙원 상가 오래된 어둠 속으로 사라진다 어둠은, 하고 생각하는 앨리스가 진부하게 비틀대는 동안 도어마우스는 전봇대를 붙들고 잠을 지린다 사는 것이 재미없어 해터가 미끄러져 내려온 모자를 들어 올리며 땀을 닦는다 그는 지금 소변을 참기 위해 엉덩이들을 끌어 모으는 중이다 잠시 걸음이 늦춰진다 모자장이 해터가 백 원짜리 유료화장실로 빨려든다 앨리스는 뒷모습을 닮은 단단한 철문을 보고는 잠가버리고 싶다 앨리스는 그렇게 하지 않는다 화장실 앞 드리워진 은행나무 뒤로 숨는다 그들을 미행하던 흔적이 밤의 궤적 속으로 서둘러 몸을 던진다 순식간에 골목 속으로 이 빠진 별들이 떨어진다
    ＊ 이상한 나라의 앨리스 일곱 번째 이야기 미치광이들의 티타임의 변용

지금 내 온도가 낮설다

지금 손에 쥐어진 내 온도가 낮설다. 이것은 누구의 것일까. 모든 두근거림의 뿌리를 보고 싶었다. 왜 내가 사랑하는 것은 일찍 죽거나 죽으려 하는 것일까.

드디어 앰프가 터졌다. 이제 음악 없는 서커스다. 어릿광대의 춤을 보고 있는 누구도 웃지 않는다. 박수도 없다. 침묵이 두꺼워질수록 광대는 더 빨리 춤을 추고, 그의 두 뺨은 겁에 질린 땀으로 번들거린다. 그러나 광대는 뛰쳐 나가지 않는다. 공연이 끝나기 전에는 아무도 나갈 수 없다.

창 밖에서는 괴물이 숨쉬고 있다. 단단한 비늘이 있고 타오르는 거센 숨에 둘러싸인 괴물이 달리기 시작한다. 보라. 괴물은 제 몸집의 크기를 보인 적이 없다.

독과 고함과 친구들에게, 이름의 한 글자씩 빌려주신 연 선생님과 성 선생님께, 권 선생님과 J형께, 아해와 부모님께, 심사위원 선생님들께 특별한 감사를 전하고 싶다.

몰개성의 시대, 눈에 띄는 참신함

예심을 거친 20명의 응모작들 가운데 이연후 씨의 「우니코르」, 이서 씨의 「고래자리」, 최수연 씨의 「누에의 잠」, 유희경 씨의 「티셔츠에 목을 넣을 때 생각한다」 정도가 최종심 대상작으로 언급할 만하다고 여겨진 작품들이다.

신춘문예 응모작들을 보면 한 시대의 사회적 징후가 집약된 듯한 목록들을 읽을 수가 있다. 그 목록들이란, 최근 수년 동안 뭉쳐져 있는 경향이어서 어지간해서 피할 수 없을 것 같은데, 이번에도 역시 현저히 즉물적이라는 것, 다분히 자폐적이라는 것, 몰개성적이라는 것으로 요약될 수 있을 것 같다. 이런 특징들이 나쁘다, 좋다라고 말하고자 하는 것이 아니다. 요는 이런 특징들을 가지되 응모작들이 스스로를 한 편의 시로 '성립' 시키고 있는가를 가려내는 것이 우리 심사자들이 할 일이었다.

최소한 어떤 것이 시이기 위해서 갖는 조건, 즉 '시의 기본' 을 모른 채 시 비슷하게 써서 시라고 우기는 것 같은 수많은 위조품들을 읽어야 하는 심사자의 고역은 이번에도 예외는 아니었다. 즉물적이라는 것은 사물을 주절이 주절이 '설명' 하는 것이 아니다. 언어를 헤프게 낭비하는 것, 동어반복하는 것은 시에서는 범죄일 수 있다. 또 쓴 사람도 읽는 사람도 뭐가 뭔지 도통 알 수 없는 넌센스의 나열이나 실패한 은유들을 가지고 시의 특권이라고 오해하게 해서도 안 될 일이다. 무엇보다도 이 많은 투고작들이 어쩜 한 사람이 쓴 것 같은 느낌을 강하게 주었는데 이 개성의 표준화에 대해 뭐라 말해야 할까?

위의 네 편 최종심 대상작들도 이런 지적으로부터 멀리 벗어나 있지는 않다. 그럼에도 불구하고 어느 지점에서 스스로를 시로 성립시키는 힘이 있다고 여겨졌다. 최수연 씨, 유희경 씨의 두 작품을 놓고 고민하다가 「티셔츠에 목을 넣을 때 생각한다」를 당선작으로 결정하는 데 우리는 동의했다. 최수연 씨가 시를 다루는 데 더 유연해 보이는 점이 있지만 유희경 씨가 상대적으로 더 참신해 보인다는 것이 이유였다. 당선자는 앞으로 한 권의 시집으로 자신의 시인됨을 입증해야 할 것이다.

심사위원 : 황지우 · 문정희

이선애

여수 출생
방송대 국어국문과 졸업
순천 여성문학회 회장
2007년 불교문예 가을호 신인상 수상
광주대 대학원 문예창작과 재학
2008년 서울신문 신춘문예 시 당선

sunae0061@hanmail.net

■서울신문/시
가벼운 산

가벼운 산

태풍 나리가 지나간 뒤, 아름드리 굴참나무
등산로를 막고 누워 있다.
오만상 찌푸리며 어두운 땅속을 누비던 뿌리
그만 하늘 향해 들려져 있다.
이젠 좀 웃어 보라며
햇살이 셔터를 누른다.
어정쩡한 포즈로 쓰러져 있는 나무는 바쁘다.
지하 단칸방 개미며 굼벵이
어린 식구들 불러 모아
한 됫박씩 햇살 들려 이주를 시킨다.
서어나무, 당단풍나무, 노각나무 사이로 기울어진 채
한 잎 두 잎 진창으로
꿈을 박고 있는 굴참나무
제 뼈를 깎고 피를 말려 숲을 짓기 시작한다.
생살이 찢겨 있는 굴참나무,
그에게서는 고통의 향기가 난다.
살가죽의 요철이
전 재산을 장학금으로 기탁한
밥장수 할머니의 손등만 같다.
끝내 허리를 펴지 못하는

굴참나무가 세로로 서 있어야 한다는 것은 편견이다.
굴참나무가 쓰러진 것은 태풍 나리 때문이 아니다.
나무는 지금 저 스스로
살신성인하는 중이다, 하늘 가까이 뿌리를 심기 위해.

주암호 억새

주암호 주변 돌면서
뼈마디 앙상한 손들이 흔들리고 있다.
호수가 생산한 저 흔들리는 유적들
그 하얀 손을 한 번 잡아보고 싶다.
수몰 지구에 숨어 있던 아이들이
몰려나와 내게 손을 흔드는 것일까,
돌무덤에서 부활의 순간까지
나는 잠시 눈을 감아본다.
한 번도 제대로 꽃 피워 본 적 없는
핏빛 봉오리 꽃솜의 삶을 생각하며
바람도 용서해본다. 석양에 피를 묻히는 갈대,
오래 전 잃어버린 제 혈육의 뼈임을
인정해본다. 잃어버린 것들은
언젠가는 돌아온다는 믿음을
머리 숙이고 가져본다.
주암호가 섬기는 내 어머니 하얀 머리도
푸른 심연을 흔들고 있다.

식 탁

나는 다리가 여럿이지만
한 발자국도 뗄 수 없다.
유리 가슴을 안고
방 안 한쪽 구석을 지킨다.
온 가족이 남긴 얼룩
모두 닦아내고 나면
가끔 허전하기도 하지만
그럴 때마다 가족들이 꺼낸 말을
다시 듣는다. 언쟁 끝에 떨어뜨린
말의 모서리를 생각하며
가슴도 둥글게 호흡해 본다.
하루분의 생각도 둥글게 한다.
문득 막내아이가 가슴에다
노트를 꺼내놓고 도형을 그린다.
세모, 네모, 프랙털 도형
나는 이 도형들이 내 가슴을
어떻게 건널까 지켜본다. 녀석은
도저히 풀 수 없는 문제를
내 가슴에 남겨놓고 딴짓을 한다.
내게 난해하게 차려진 식탁
참 따뜻하다.

공룡 발자국 옹달샘

갯바위에서 아이들이 놀고 있다.
수억 년 전에는
바위도 말랑말랑했나 보다.
공룡 발자국이 새겨진 자리
옹달샘이 살고 있다.
그러나 낯선 공룡 발자국 같은
옹달샘 하나가 핏빛이다.
잇자국 선명한 담배꽁초가 처박혀
푸르른 수심을 빨고 있다.
누가 이 깊은 섬 사도까지 찾아와
실직의 아픔을 태우다 간 걸까
제 발자국 안에서 공룡이 일어선다.
쓸쓸히 걸어 나간다.
바다 속으로 난 길과
산꼭대기 쪽으로 난 길을 걸어
사라진 공룡은 돌아오지 않는다.
세상의 발자국들은 먼 곳을 향한다.
깔깔거리며 아이들이 흩어진다.
또다시 만조를 기다리는 공룡 발자국,
푸르게 자정해야 할
핏빛 시간을 견디고 있다.

김장하는 날

어머니는 전사다.

전화戰火가 휩쓸고 간 우물가, 바람에 나뒹굴고 있는, 무수한 잔해들을 본다.

텅 빈 소쿠리에 담겨 있는, 붉은 고무장갑, 널브러져 말라붙고 있는, 피 묻은 살점들……,

화생방전이 아니라 전면전이 벌어졌나 보다.

잠시 휴전이 선포된 걸까.

어머니의 매운 손끝, 축 늘어져 있는, 족히 백 명은 넘어 보이는, 패잔병들의 상처를, 붉은 약으로 싸매고 있다.

구설口舌의 화살촉에 맞은 내 가슴의 상처도 보았는지, 어머니는 깨고 물 묻힌 거즈로, 눈치껏 동여매어주고 있다.

전쟁戰爭은 잔인하다.

끝내 어머니도 깊은 내상을 입은 채, 마루 위에 쓰러져 눕는다.

쓰러져 누운 채, 필승을 잠꼬대한다

간꽃 핀 전투복 사이, 찬바람이 보초를 서고 있다.

나도 이제는 전쟁을 즐긴다.

아파트 베란다가 오늘 온통 불바다다.

죽림정사에서 만난 하현달

달까지의 거리가 사라지고 있네요.
손을 뻗으면 이내 만질 수 있을 것 같아요.

지리산 죽림정사에서 만난 하현달이
내게 은잔을 들고 와 소주를 건넨다.

내 마음도 단풍처럼 불이 붙어
두두둑 어딘가가 실밥이 터져버린다.

계곡에서 바람이 불어온다.
아침이면 내 마음도 찬 이슬 맞아
마당 가득 뒹굴고 있겠지?

이 무렵 여긴 별자릴 앞에 놓고
풀벌레들 논쟁이 시끄럽다.

밤이 깊을수록 텅 비어가는 내 안,
누군가가 심우도 한 장 그려 놓고 간다.

비로소 내가 나를 낳은 엄마라는 느낌이 들어

　매년 이맘때면 문학을 좋아하는 엄마들끼리 모여서 자그마한 〈여성 문학지〉를 만든다. 아이를 낳아 본 적이 있는 엄마들의 곱고 섬세한 손 길로 엮은 이 책은 지역사회의 정서를 순화시키고 책 읽는 습관, 문학 의 저변 확대를 꾀하고자 함이다. 이 일은 해가 거듭될수록 깊은 소명 의식을 느끼게 한다. 어언 여섯 번째 세상에 나올 우리들의 아기를 기 대하면서 출판사 편집실에서 최종 교정을 마치고 O.K 사인을 내던 찰 나에 한 통의 전화를 받았다. 당선 소식이다. 떨리는 손끝과 가슴에 또 하나의 산통이 스친다.

　통증과 희열을 동반한 긴 터널을 빠져나와 늦둥이를 품에 안은 산모 가 된 느낌이다.

　내 몸속 아기가 앉았던 자리에 시를 앉히고 자신을 낳기 위해 주저하 지 않았던 시간이 있었다. 지금 수많은 언어들이 시간의 벽을 허물며 웅웅 메아리친다. 이제 비로소 내가 나를 낳은 엄마란 느낌이 든다. 세 상에 갓 던져진 갓난아기인 나를 위하여 막중한 책임이 주어진 엄마가 된 것이다.

　당장 배고픈 나를 위하여 옥타비오 파스의 말을 빌린다.

　"시는 앎이고 구원이며 힘이고 포기다. 시의 기능은 세상을 변화시키 는 것이며 시적 행위는 본래 혁명적이지만 정신의 수련으로서 내면적 자기 해방의 방법이기도 하다."

　시시각각 파고드는 죽음 앞에서도 아르테미르 여신처럼 즐겁게 시를 낳는 풍요와 다산의 힘을 기르고 싶다.

　시를 쓰기 위하여 늦은 나이에 진학한 광주대학교 문창과 대학원이

고맙다. 열심히 지도해주신 이은봉, 신덕룡 교수님, 외에도 문예창작과 교수님들 모두에게 깊은 감사드린다. 그리고 아내이기보다는 공주이기를 소망한 나를 탓하지 않고 묵묵한 눈길로 지켜봐준 남편과, 함께 공부한 지선, 성희, 인드라망 문학 모임 식구들과 이 기쁨 함께 나누고 싶다. 예기치 않은 기쁜 소식 주신 서울신문사와 부족한 작품을 뽑아주신 고려대 최동호 교수님을 비롯한 여러 심사위원님들께도 큰절을 올린다. 좋은 시로 갚아야 할 너무 큰 빚이다. 앞으로 더욱 열심히 치열하게 시를 낳는 엄마가 되기를 자청해 본다.

사물을 바라보는 시선 돋보여

예선을 거쳐 본선에 올라온 시편들을 정밀하게 읽고 이에 대해 논의한 다음 다시 최종심의 대상을 다섯 편으로 압축하였다. 「낡은 피아노에는 빗소리가 난다」(송인덕)는 자연스러운 시상의 전개가, 「난초와 칼」(이연후)은 이미지의 선명성이, 「양치하는 노파」(한세정)는 시적 함축성이, 「바닷가 떡집」(김영진)은 진득한 삶의 감각이, 「가벼운 산」(이선애)은 시적 발상 전환이 돋보였으나 각각 그 나름의 약점도 가지고 있었다.

이들의 시편을 놓고 좀더 범위를 좁힌 결과 세 편의 시가 남게 되었다. 「난초와 칼」은 이미지의 선명성은 두드러지지만 대립 구도가 너무 단순하고, 「가벼운 산」은 시적 발상 전환이 참신했으나 설명적인 부분이 시적 밀도를 약화시켰으며, 「낡은 피아노에는 빗소리가 난다」는 자연스러운 시적 전개가 강점이지만 상식의 틀을 크게 넘어서지 못했다는 점이 아쉬웠다.

엇비슷한 수준의 작품을 놓고 논의를 거듭한 끝에 심사위원들은 「가벼운 산」을 당선작으로 결정했는데 이는 사물을 바라보는 시각의 참신성과 더불어 그 속에 담긴 삶에 대한 따뜻한 시선을 높이 평가했기 때문이다. 특히 전재산을 장학금으로 기탁한 밥장수 노파의 손등에서 고통의 향기를 관찰한 시인의 시선은 작품 전체를 아우르는 솜씨와 더불어 눈여겨볼 만한 점이라고 하겠다. 삶을 바라보는 독자적인 시선이 시적 구도 속에서 빛날 때 남다른 작품이 탄생한다는 사실을 신춘문예 응모자들은 다시금 되새겨 주기 바란다.

심사위원 : 오세영 · 최동호

이은규

1978년 서울 출생
광주대 문예창작과 및 동 대학원 졸업
2006년 국제신문 신춘문예 시 당선
2008년 동아일보 신춘문예 시 당선

yudite23@hanmail.net

■동아일보/시
추운 바람을 신으로 모신 자들의 경전

추운 바람을 신으로 모신 자들의 경전經典

어느 날부터 그들은
바람을 신으로 여기게 되었다
바람은 형상을 거부하므로 우상이 아니다

떠도는 피의 이름, 유목
그 이름에는 바람을 찢고 날아야 하는
새의 고단한 깃털 하나가 흩날리고 있을 것 같다

유목민이 되지 못한 그는
작은 침대를 초원으로 생각했는지 모른다
건기의 초원에 바람만이 자라고 있는 것처럼
그의 생은 건기를 맞아 바람 맞는 일이
혹은 바람을 동경하는 일이, 일이 될 참이었다

피가 흐른다는 것은
불구의 기억들이 몸 안의 길을 따라 떠돈다는 것
이미 유목의 피는 멈출 수 없다는 끝을 가진다

오늘밤도 베개를 베지 않고 잠이 든 그
유목민들은 멀리서의 말발굽 소리를 듣기 위해

잠을 잘 때도 땅에 귀를 댄 채로 잠이 든다지
생각난 듯 바람의 목소리만 길게 울린다지
말발굽 소리는 길 위에 잠시 머무는 집마저
허물고 말겠다는 불편한 소식을 싣고 온다지
그러나 침대 위의 영혼에게 종종 닿는 소식이란
불편이 끝내 불구의 기억이 되었다는
몹쓸 예감의 확인일 때가 많았다

밤, 추운 바람을 신으로 모신 자들의 경전經典은
바람의 낮은 목소리만이 읊을 수 있다
동경하는 것을 닮아갈 때
피는 그 쪽으로 흐르고 그 쪽으로 떠돈다
지명地名을 잊는다, 한 점 바람

애 콩

어느 마을에선 완두콩을 애콩이라 부른다

덜 여문 것들에게선 왜 날비린내가 나는지
푸른 날비린내가 나는 이름, 애콩
생의 우기雨期를 건너다 눅눅해져 애를 태우는 것들

엄마는 왜
이 밤에 콩을 까실까, 콩을
불도 안 켜고

꼬투리를 세워 깍지를 열었는지
텅 빈 시간 몇 알 후둑, 후두둑
그릇 위로 떨어지는 소리 들린다
잠시 한숨을 고르고
알맹이들을 한쪽으로 쓸어 모으는 손길

알맹이라 착각하고 싶은 둥근 시간들이
꼬투리라는 최초의 집을 떠나면
차오른 허공을 바라보며 허부렁해질 저 꼬투리

열린 방문 사이로 말없이 묻는다
엄마는 왜
이 밤에 콩을 까, 콩을
문틈의 빛줄기 너머로 말없이 들린다
잠이 안 와서, 잠이

철없는 애콩이
꼬투리 잡힐 과오들을 푸르름이라 착각하며
날비린내의 몸을 말아 둥글게 누워 있다

최초의 몸이면서 집인 콩꼬투리
덜 여문 날들을 다독이느라 푸른 물이 들었을 손
그 손이 인기척도 없이 방문을 닫는다
집은 아직 따뜻하다
나는 닫힌다, 한 철

없는, 그녀가 우물에 살고 있다

비 오는 날만 택일해
없는, 그녀의 소리가 우물로 든다
바람의 입김이 서린 허공 위로
홍매紅梅 몇 점 눈물처럼 떠 있고
오래 서성이다 떠났을 그 소리 살아난다
명치끝에서만 빚어진다는
저 소리를 곡哭이라 부를 수도 없겠다

그날 밤, 우물 안을 길게 들여다보았을 소리
우물의 깊은 그늘을 넘보던 그녀
끝내 그 죄를 이룬 밤처럼 바람의 입김이 차다
후둑, 떨어지는 둥근 습기들에 저며진
물의 살이 먼 동심원으로 퍼졌었겠다
물 위에 뜬 무덤이라니

환락의 입김이
봄을 당겨와 때 이른 호시절을 건넌 그녀라 했다
그 시절의 다른 이름은 봄의 호작질,
찬바람에 멍든 홍매紅梅, 눈물처럼 지며 아프다 한들
마련된 화답이 없었겠다

기생집 마당엔 오래된 우물이 있었다
찬 우물물이 해어화解語花의 구근을 오므라들게 했을 것
온몸으로 낭창이던 그녀의 정처는 바람이었나
바람의 정처 있음의 정처 없음을 알겠다
바람에게 시달린 꽃의 혼곤이 스며 있는 이름, 낭창
명치끝에 고인 습기가 우물을 마르지 않게 했을 것
긴 가뭄에도, 독수공방 한기에도 소용없었을 다정多情
한 평 우물 안을 맴돌았을 동심원처럼
바람의 중심에서만 맴돌았을 허튼 다정多情

없는 그녀가 우물에 살고 있다

손으로 길을 내다

종종, 겨울을 돌아보는 봄을 달래는데
한 부음이 꽃 소식보다 먼저 앞질러진다

모든 소식은 꽃 지고, 피는 그 사이에 머무르고

봄날은 그렇게 등을 보였다 말다
제 근성을 갯버들 몸피에 간질이고 있었다
초봄 초이렛날 독신자獨身者의 집 앞에
허공에 떠 있는 듯 흔들리는 조등弔燈 하나
울다 짓무른 눈빛의 촉수
가장 낮은 촉수로 가장 먼 길을 밝혀야 하는 조등弔燈
명치에 걸린 무게가 다음 발자국을 더디게 하고
대문 앞 서성임으로 뜸했던 안부를 대신한다

대문 옆엔 어느 손이 내놓았을 구두 한 켤레
흙 묻지 않은 깨끗한 발로 가라고
생전 그녀의 낯빛처럼 창백한 한지 위에 놓여 있었다
가지런한 구두코를 오래 만졌을 손
한 손으로 이마를 길게 짚으며
한 손으로 허공을 다독여 새 길을 냈을 손

한지 위에 마지막 족적을 남기고 갔을 그녀
생의 기우뚱한 걸음걸이가 남긴 닳아버린 굽을 보며
그 손은 또 얼마나 먼 길을 에둘러 집으로 들어갔을까

그녀는 저 손이 낸 길에서 와서
저 손이 낸 길로 다시 돌아가고 있는 중이다
없는 허공 길을 만드는 손길의 힘으로
봄 없는 곳으로 가 꽃피는 그녀이겠다

허공 길
간다와 아주 간다라는 말 사이에 찍힌 긴 족적
기어이 봄이 왔다, 간다

빛 좋은 개살구

때 아닌 새벽 세시의 자유로
허공을 어르던 바람마저 목이 쉬었다
허락된 주법走法은 질주 또는 흩날림
어쩜 좋아 저 아가씨 왜 저러고 있나
빨대 꽂힌 팩소주 잘도나 빨며 흩날린다
아가씨 중앙선 사뿐히 즈려밟고
낭창, 휘어지다 말다
어쩜 좋아 안주가 풍선껌에 든 허공뿐이라니

입덧하기 좋은 7월은 살구가 익어가는 계절, 부푼 씨방에서 즙액을 뽑아낸 건 바람의 솜씨라지요 자꾸만 불러오는 허공의 배를 살살 쓸어 보지요 빛 좋은 개살구의 유일한 언어는 색色, 바람 밴 살구나무의 헛입덧질 혼곤하지요

그 씨방이 글쎄 곧 바람이 남겨놓은 목소리만 텅텅 울릴 씨방이라지요 그날, 바람이 살구나무 속살을 문질렀는지, 살구나무가 바람을 배어 앙다물었는지 알 수 없는 일 아니겠나요

별들마저 귀를 씻어버린 쓸모없음의 물음일 바에야, 개살구도 살구라지요 아니라지요 불온이 빚어놓은 낙과될 운명일 뿐이라지요 착상이 마지막 불시착이 될 한 알의 생生, 혹시 지금 식도로 역류하는 게 바람이 즐겨 찾던 꽃판의 즙액 맞나요

잘못 길들여진 탈선의 습관을 되새기며
아가씨 중앙선 사뿐히 즈려밟고
낭창, 휘어지다 말다
저만치 바람을 유희하며 달려오는 오픈카

잠시 정적
바람이라는 칼이 단칼에 낙과를 낳았다
그 이름은 살구, 개살구
뭉클하게 시큼 으깨어지다 말다 으깨어지다
안녕, 내내 어여쁘게

책冊에 살어리랏다

이 한기寒氣는 어디서 비롯된 것일까 옛사람 이덕무*가 어느 겨울, 오두막에 앉아 있다 사람의 입김이라면 이렇게 귀신스러울 수 있을까 입김이 성에가 되어 이불깃에 뚝뚝, 등잔불의 심지만 키우며 곰곰하던 그가 무릎을 탁 친다 묘책이로다! 묘책이로세! 맵찬 허공 중에 매화 터지듯 터진 묘책이라는 게 쯧쯧, 허겁지겁 한서 한 질을 이불 위에 쭉 늘어놓기에 이른다 생의 한기를 책冊으로 막으려 하다니

그의 별호는 책 귀신이었다 굶어죽는 어미 곁에서도 문장文章을 탐했다는

한서 한 질로 겨울을 나는구나 마음을 탁 놓았을 그인데, 얼마 지나지 않아 그예 독한 바람에 얼굴을 쏘인다 오두막 모퉁이의 흙벽이 부서졌던 것, 탐독하던 논어 한 권을 뽑아 세워 바람을 막아보는 그, 책으로 막을 수 있는 바람은 어떤 목소리의 바람일까

생의 평지풍파平地風波를 책으로 막을 수 있다는 그 믿음이 바로 한기寒氣다

오늘밤도 어리석은 자가 있다 어느 시詩의 기막힌 비문이 피를 돌

게 해 잠시 생의 한기를 다독이는 밤, 탐독의 병증은 생의 난독을 불
러 온다지 이번 생도 귀신스럽게 추울 것

＊ 조선시대 실학자, 시문에 능했으나 서얼 신분으로 크게 등용되지 못한 인물.

머리맡에 시를 두고 자는 밤이 길 것

최초의 시는 시의 몸으로 찾아오지 않았다. 시가 아닌 것에서 시의 속살을 만나다니, 새삼 역逆은 진眞이 아닐 수 없다.

열두 살의 아이는 어느 날 고분의 등잔 사진을 보게 된다. 복숭아 모양의 등잔을 보는 순간 몸 안의 혈액들이 출렁, 그 후 어두운 무덤 내부가 등잔 빛에 환히 열리는 환영에 시달리며 혹시, 저것은 시가 아닐까 자문하는 날이 길었다. 시를 알기 전 시적인 것에 생의 운율이 출렁이다니.

영혼의 심지에 불을 놓았을 어느 손길. 불빛으로 한 생의 삶의 폭을 넓히겠다는 기원과, 한기에 영영 얼지 말라며 다독였을 시정詩情이 거기 있다. 마음 속으로 간절한 주문을 외웠겠지. 그 주문은 언어이면서 언어의 배후. 침묵은 언어의 배후로 알맞지, 꽃의 배후가 허공인 것처럼.

늘 존재 자체로 시詩이신 고재종 선생님과 광주대 문창과 교수님들, 객지에서의 새움을 틔우는 데 도움을 주신 박해람 선생님께 감사드린다. 가족들과 바람으로라도 가닿고 싶은 정처定處에게 마음을 전한다. 끝으로 심사위원 선생님 그리고 나의 나와 도약의 지점에 대한 약속을 맺는다. 머리맡에 시를 두고 자는 밤이 길 것이다. 그 밤들을 생生이 함께 지새워줄 것.

요즘 시답지 않은 탁 트임

예심을 통과한 15명 투고자들의 작품을 읽고 검토한 결과 두 명의 작품이 최종적으로 남게 되었다.

「무릎」 등 5편의 작품을 투고한 조율의 경우 일상적 삶의 구체성에 바탕을 둔 치밀한 관찰과 묘사가 눈길을 끌었다. 그의 시는 감상이나 과장을 멀리한 채 삶의 신산함과 남루함을 적절하게 포착해내고 있다. 그러나 이 투고자의 시적 발상이나 화법은 새롭다기보다는 기존의 유형화된 틀에서 크게 벗어나지 못했다는 한계를 갖고 있었다.

반면 「추운 바람을 신으로 모신 자들의 경전經典」 등 5편을 투고한 이은규의 경우 일상에서 시를 출발시키기보다는 관념에서 시를 끌어오고 있어서 어쩔 수 없이 추상적 경향을 띠고 있다. 그럼에도 그의 시는 작품을 관류하는 활달한 상상력 덕분에 요즘 시에서 보기 힘든 탁 트인 느낌과 더불어 세련된 이미지와 진술의 어울림이 주는 감흥을 맛볼 수 있었다.

두 선자는 이번 심사에서 일상의 세목에 대한 충실보다는 '바람을 동경하는' '유목의 피'에 잠재된 가능성을 믿어보기로 했다. 당선자의 시가 한국시의 비좁은 영토를 열어젖히고 나아가는 언어의 모험으로 연결되기를 희망한다.

심사위원 : 이시영 · 남진우

이장근

1971년 경북 의성 출생
한남대학교 국어교육과 졸업
현재 세일중학교 국어교사
2008년 매일신문 신춘문예 시 당선

chamgeul@hanmail.net

■매일신문/시
파문

파 문

결혼을 코앞에 두고
여자는 한강에 투신했다
이유를 묻지 않았다, 물은
여자를 결과로만 받아들였다

파문을 일으키며 열리고 닫히는 문
물은 떨어진 곳에 과녁을 만든다
어디에 떨어져도 적중이고 무엇이 떨어져도 적중이다
투신한 죽음도 다시 떠오른 삶도
물은 과녁을 만들어 적중을 알렸다

적중을 알리며 너는 왔다
온몸에 파문처럼 돋던 소름
빗나간 너의 말도 떨어지는 족족 적중했다
사랑처럼 민감한 것이 또 있으랴
이유 없이 떠나도 결과는 적중이었다

이유 없이 너는 가고
나는 안개 같은 거짓말로 너를
미워했다, 그리워했다, 지웠다, 썼다

사랑처럼 가벼운 것이 또 있으랴
구름이 되어 제멋대로 문장을 만들다
지치면 낱글자가 되어 떨어졌다

지금도 비가 온다 몸에 소름이 돋는다
네가 오고 있는 것이다
이 밤 이 세상에는 또 얼마나 많은
사랑이 투신할 것인가, 투신하는 족족
파문을 일으키며 적중할 것인가

펀투

관장님께 권투는
권투가 아니라 펀투다
20년 전과 바뀐 것 하나 없는 도장처럼
발음도 80년대 그대로다
가르침에도 변함이 없다
펀투는 훅도 어퍼컷도 아니라
쨉이란다
관중의 함성을 한데 모으는 KO도
쨉 때문이란다
훅이나 어퍼컷을 맞고 쓰러진 것 같으나
그 전에 이미 무수한 쨉을 맞고
허물어진 상태다
쨉을 무시하고
큰 것 한 방만 노리면
큰 선수가 되지 못한다며
왼손을 쭉쭉 뻗어 보인다
월세 내기에도 어려운 형편이지만
20년 넘게 아침마다 도장 문을 여는 것도
그가 생에 던지는 쨉이다
멋없고 시시하게 툭툭

생의 문을 두드리는 것이다
도장 벽을 삥 둘러싼 챔피언 사진들
그의 손을 거쳐 간 큰 선수들의 포즈도
하나같이 쨉 던지기에 좋은 자세다

단소 소리

노인은 속이 비어 있는 나무를 찾았다
비어 있는 것도 막혀 있으면
채워진 것과 다를 바 없다며
위쪽 마디를 잘랐다
열린 곳을 통해 아침마다 이슬이 모이자
비우지 못하면서 담아 놓는 것도 채워진 것이라며
아래쪽 마디를 마저 잘랐다
위아래가 뚫려 한 줌 바람도 담지 못하게 된 나무는
막힘없이 흘려보내는 일이
자신이 도달할 마지막 경지라 생각했지만
노인은 막힘없이 흘려보내는 일도
채워진 것과 다를 바 없다며
나무의 몸 여기저기에 구멍을 뚫어
흘려보내는 일에 장애를 만들었다
상처투성이가 된 나무
노인은 관 같은 나무 끝에 입을 대고
손가락으로 상처를 짚으며
후후 제 몸에 들어찬 마지막 바람까지 내뱉었다
상처만큼 맑고 깊은 소리가 있을까
노인의 몸에 바람이 닿으면
소리의 옷을 입고 멀리 날아갔다

하모니카를 불다가

도레미파 부는 정도지만
불면 불수록 까다로운 악기다
'도'를 불고 다음 음을 내려면
급하게 자리 옮기지 말고
같은 구멍에서 거꾸로 들이마셔야 한다
불고 마시며 건너는 징검다리
나는 지금 생의 어느 음에 와 있을까
임종 전 숨을 들이마실 때마다
높은 '시'음을 내셨던 할머니
다음 생으로 넘어가는 찰나에 내신 음은
끝이자 시작인 '도'였을 것이다
호상好喪이었다
언젠가 할머니 곁에서 잠든 날
거친 숨을 들이마시며
코 골아 내던 음은
낮에 밭을 갈다 후– 내뱉던 음과 같은 자리였다
어느 자리도 소홀히 건너뛴 적 없이
한 음 한 음 밟고 가신 길
관 속에 넣고 땅 속 깊이 묻어도
땅을 뚫고 나오는 푸른 가락
한 음도 놓칠 수 없다

물의 승천

물을 화장火葬하면 승천하여 구름이 된다네
화염을 견디어 낸 물은 보글보글 기포를 만들다가
들쑥날쑥 몸을 뒤집다가 마술처럼 펑, 펑펑
수증기가 되어 날아간다네
꼬리를 흔들며 하늘로 올라가는
이무기를 본 적이 있다네
목욕탕 굴뚝을 빠져나오는 묵은 뱀의 꼬리를
숱한 사람들이 들어와 묵은 때를 밀고 가는 곳에서
이무기는 가장 순한 동물이 된다네
허물을 벗듯 벌거숭이가 된 사람들의
땀과 땀이 짠 옷을 마저 벗겨준다네
오래 전 나도 혀를 날름거리는 이무기에게
묵은 슬픔을 밀려본 적이 있다네
손이 닿지 않는 등을 맡긴 적이 있다네
자기의 꿈을 표절한 용문신의 덩치들까지
아이처럼 구석구석 씻기는 것을 본 적이 있다네
물은 씻길 때가 가장 아름답다네
가장 순한 일을 하고 이무기는 승천을 한다네
슬픔을 벗고 나오며 나는 보았네
여의주를 물고 있는 구름

온몸이 불덩어리인 용 한 마리
그런 용이 가끔 강림降臨도 한다네
지상에 물이 부족하면 제 살을 찢어
지상으로 내려와 다시 이무기로 산다네

모자母子의 시간

아내의 가슴이 울고 있다
입고 있는 면티 젖꼭지 닿은 부분이
흥건히 젖은 줄도 모르고
잠을 자고 있는 아내
때 맞춰
젖먹이 아들이 잠에서 깬다

저 모자母子 사이를 흐르는 시간에는
때가 살아 있구나
비워야 할 때와 채워야 할 때
가슴이 부르고 배가 부르는 때
세상의 그 어떤 시계와도
사이클이 맞지 않는
그들만의 간격으로 흐르는 시간

졸린 눈을 비비며 일어난 아내가
아들의 입에 젖을 물린다
쭉 쭉 쭉
태엽 감는 소리가 힘차다

어쩔 수 없는 유혹

시가 떠오르면 어쩔 수가 없었다. 일도 손에 잡히지 않고 하루 종일 2% 부족한 사람으로 살아야 했다. 시는 나를 2% 부족한 사람으로 살게 한다. 아니면 2% 부족한 나였기 때문에 시를 쓰며 사는지도 모르겠다. 돌이켜 보니 완벽한 것은 나를 유혹하지 못했다. 2%의 여백, 살랑살랑 여운을 남기며 가는 꼬리를 따라다녔다.

하늘도 어둠의 2%를 열어놓기 위하여 별을 띄웠으리라. 별이 빛나는 한, 지상에는 2%의 갈증을 느끼는 시인들이 노래를 부르리라. 부족하지만 나도 함께 노래를 부르고 싶다.

지하철 1호선을 타고 동대문운동장으로 가는 길에 당선 통보를 받았다. 전화기를 들고 허둥지둥하는 나를 보고 있는 아내의 눈빛도 요란하게 떨렸다. 한나절이 지났지만 아직도 얼떨떨하다. 부족한 시를 뽑아주신 매일신문사와 심사위원님들께 고개 숙여 감사드린다. 낳으시고 길러주신 부모님의 은혜, 옆에서 묵묵히 지켜봐준 아내와 아들딸에게 고마운 마음을 전한다. 그리고 시의 스승인 아모르파티님들과 어젯밤에 쓴 시를 오늘 아침에 들어주었던 제자들을 위해 붉은 마음을 펴서 장미꽃 한 송이를 접는 중이다.

독특한 시적 비전에 의한 삶의 진지성

　예심을 거쳐 올라온 서른 분의 작품을 다시 검토해 본 결과 남은 작품은 「황소」(서은교), 「아가리 마을」(이규), 「가야동 계곡」(김순자), 「아스팔트 킨트」(김우연), 「입이 없는 비평」(최문희), 「나무별똥」(문성록), 「불안의 거처」(김지고), 「일획」(정수원), 「마네킹」(박정수), 「소금밭의 기억」(김중곤), 「바늘」(김명희), 「파문」(이장근), 「토마토」(하숙욱), 「등피를 닦으며」(박선영) 등이었다.

　매번 느끼는 일이지만 신춘문예의 특성상 새로운 것에 천착한 나머지 일부러 문장을 비틀고 기발한 착상에 몰두해 난삽한 기교의 과잉에 의한 억지가 많았다. 비튼 문장이나 발상이 독특한 감각으로 살아나 신선한 감동을 주어야 하는데 그렇지 못했다. 새로운 감수성이 되기 위해서는 그것을 표현하기까지의 데생의 기초가 우선되어야 한다. 그런데 그냥 시단의 한 흐름을 따르고 있는 난해한 아류의 것들이 되어서는 곤란하다.

　이런 점에서 새로움도 있고 표현의 신선함을 주는 작품으로 「일획」「마네킹」「소금밭의 기억」「바늘」「파문」「등피를 닦으며」 등을 들 수 있었다. 작품 하나하나 놓고 볼 때 모두 독특한 포즈를 지니고 있어 오래 고심할 수밖에 없었다. 그러나 투고한 작품이 모두 고르다는 점에서 이장근의 「파문」을 당선작으로 결정했다. 「파문」은 자칫 통속적으로 떨어질 평이한 언어를 사용하면서도 독특한 시적 비전에 의해 삶의 진지성과 감동을 주는 데 효과를 이루고 있다. 그것은 이 시인이 지닌 삶에 대한 태도에서 비롯된 것이라 생각된다. 앞으로 더 깊은 비전에 천착해 좋은 작품을 생산하길 바란다. **심사위원 : 권기호 · 정호승**

이제니

1972년 부산 출생
2008년 경향신문 신춘문예 시 당선

funnypen@hanmail.net

■경향신문/시
페루

페 루

　빨강 초록 보라 분홍 파랑 검정 한 줄 띄우고 다홍 청록 주황 보라. 모두가 양을 가지고 있는 건 아니다. 양은 없을 때만 있다. 양은 어떻게 웁니까. 메에 메에. 울음소리는 언제나 어리둥절하다. 머리를 두 줄로 가지런히 땋을 때마다 고산지대의 좁고 긴 들판이 떠오른다. 고산증. 희박한 공기. 깨어진 거울처럼 빛나는 라마의 두 눈. 나는 가만히 앉아서도 여행을 한다. 내 인식의 페이지는 언제나 나의 경험을 앞지른다. 페루 페루. 라마의 울음소리. 페루라고 입술을 달싹이면 내게 있었을지도 모를 고향이 생각난다. 고향이 생각날 때마다 페루가 떠오르지 않는다는 건 이상한 일이다. 아침마다 언니는 내 머리를 땋아주었지. 머리카락은 땋아도 땋아도 끝이 없었지. 저주는 반복되는 실패에서 피어난다. 적어도 꽃은 아름답다. 적어도 나는 그렇게 생각한다. 간신히 생각하고 간신히 말한다. 하지만 나는 영영 스스로 머리를 땋지는 못할 거야. 당신은 페루 사람입니까. 아니오. 당신은 미국 사람입니까. 아니오. 당신은 한국 사람입니까. 아니오. 한국 사람은 아니지만 한국 사람입니다. 이상할 것도 없지만 역시 이상한 말이다. 히잉 히잉. 말이란 원래 그런 거지. 태초 이전부터 뜨거운 콧김을 내뿜으며 무의미하게 엉겨붙어 버린 거지. 자신의 목을 끌어안고 미쳐버린 채로 죽는 거지. 그렇게 이미 죽은 채로 하염없이 미끄러지는 거지. 단 한 번도 제대로 말해본 적이 없다는 사실이 안심된다. 우리는 서로가 누구인지 알지 못한다. 말하지 않는 방식으로 말하고 사랑하지 않는 방식으로 사랑한다. 길게 길게 심호흡을 하고 노을이 지면 불을 피우자. 고기를 굽고 죽지 않을 정도로만 술을 마시자. 그렇게 얼마간만 좀 널브러져 있자. 고향에 대해 생각하는 자의 비애는 잠시 접어두자. 페루는 고향이 없는 사람도 갈 수 있다. 스스로 머리를 땋을 수 없는 사람도 갈 수 있다. 양이 없는 사람도 갈 수 있다. 말이 없는 사람도 갈 수 있다. 비행기 없이도 갈 수 있다. 누구든 언제든 아무 의미 없이도 갈 수 있다.

분홍 설탕 코끼리

분홍 설탕 코끼리는 발에 꼭 끼는 장화 때문에 늘 울고 다녔다. 발에 맞는 장화를 신게 된다 해도 울고 다녔을 테지. 어릴 때부터 울보였고 발은 은밀히 자라니까. 두 번째 분홍 설탕 코끼리가 말했다. 그렇다고 코끼리가 두 마리 있는 건 아니었다. 설탕이 두 봉지 있는 것도 분홍이 두 바닥 있는 것도 아니었다. 언덕도 없었지만 분홍 설탕 코끼리는 오늘도 언덕에 누워 설탕을 먹고 분홍에 대해 생각했다. 코끼리에 대해 생각해 본 적은 없었다. 아니, 있었나. 아주 오래 전 일이라 잊었나. 설탕, 하고 발음하면 입 안에 침이 고인다. 바보, 모든 설탕은 녹는다. 뚱뚱해지는 건 시간 문제. 계절이 지나자 분홍 설탕 코끼리는 분홍 설탕 풍선이 되었다. 아니, 그건 잘못된 말이다. 분홍 설탕 코끼리는 분홍 풍선 풍선이 되었다. 아니, 그것도 잘못된 말이다. 분홍 설탕 코끼리는 풍선 풍선 풍선이 되었다. 할 짓이 없구나. 네, 그럼요 그럼요. 풍선 풍선 풍선은 이름이 바뀌었는데도 자신을 대하는 사람들의 태도에 변함이 없다는 사실이 서운했다. 막 대하는 건 아니었지만 사랑받는 느낌도 없었다. 친한 사람들끼리 그러듯 막 대해줘도 좋을 텐데. 풍선 풍선 풍선은 일부러 잃어버린 장화 한 쪽을 손에 들고 이미 녹아버린 설탕을 음미하면서 하늘에 떠가는 분홍 설탕 코끼리를 바라보았다. 구름 같았고 추억 같았고 눈물 같았다. 불지 않는 바람의 깃털 사이로 풍선 풍선 풍선의 없는 꼬리가 한 번 나부꼈다. 아니, 두 번 나부꼈다. 아니, 세 번 나부꼈다. 분홍

설탕코끼리풍선구름. 멋진 이름이다. 어제부터 슬픔에 대해서는 말
하지 않기로 했다.

후두둑 나뭇잎 떨어지는 소리일 뿐

그래봤자 결국 후두둑 나뭇잎 떨어지는 소리일 뿐. 오늘부터 나는 반성하지 않을 테다. 오늘부터 나는 반성을 반성하지 않을 테다. 그러나 너의 수첩은 얇아질 대로 얇아진 채로 스프링만 튀어오를 태세. 나는 그래요. 쓰지 않고는 반성할 수 없어요. 반성은 우물의 역사만큼이나 오래된 너의 습관. 너는 입을 다문다. 너는 지친다. 지칠 만도 하다.

우리의 잘못은 서로의 이름을 대문자로 착각한 것일 뿐. 네가 울 것 같은 눈으로 나를 바라본다면 나는 둘 중의 하나를 선택하겠다고 결심한다. 네가 없어지거나 내가 없어지거나 둘 중의 하나라고. 그러나 너는 등을 보인 채 창문 위에 뜻 모를 글자만 쓴다. 당연히 글자는 보이지 않는다. 가느다란 입김이라도 새어 나오는 겨울이라면 의도한 대로 너는 네 존재의 고독을 타인에게 들킬 수도 있었을 텐데.

대체 언제부터 겨울이란 말이냐. 겨울이 오긴 오는 것이냐. 분통을 터뜨리는 척 나는 나지막이 중얼거리고 중얼거린다. 너는 등을 보인 채 여전히 어깨를 들썩인다. 창문 위의 글자는 씌어지는 동시에 지워진다. 안녕 잘 가요. 안녕 잘 가요. 나도 그래요. 우리의 안녕은 이토록 다르거든요. 너는 들썩인다 들썩인다. 어깨를 들썩인다.

헤어질 때 더 다정한 쪽이 덜 사랑한 사람이다. 그 사실을 잘 알기에 나는 더 다정한 척을, 척을, 척을 했다. 더 다정한 척을 세 번도 넘게 했다. 안녕 잘 가요. 안녕 잘 가요. 그 이상은 말할 수 없는 말들일 뿐. 그래봤자 결국 후두둑 나뭇잎 떨어지는 소리일 뿐.

검버섯

너는 이상한 얼굴을 하고 있다 좋다 아름답다 그런데 이건 언제 생겼지 검버섯 이상한 냄새가 난다 좋다 아름답다 너도 견디고 있구 나 의지와 상관 없이 너의 눈엔 자꾸만 물이 고인다 부식된 표정 위로 어둠의 더께가 천천히 내려앉는다 그 사이 검버섯 한 개 두 개 세개 이불을 뒤집어쓰고 손가락에 난 사마귀 숫자를 센다 하나 둘 셋 숫자를 세지 마 세면 셀수록 늘어날 거야 그러나 너는 숫자 세기를 병적으로 좋아한다 바람의 세기는 강약 중강약 왈츠는 사분의 삼박자 춤은 좋지만 불은 싫었다 검버섯 불가해한 얼굴 무해하지만 불길하다 모든 불행은 겁에 질린 자들의 몫이다 너는 마당 한귀퉁이를 걸어가는 사마귀 한 마리를 돌로 찍는다 사마귀는 뭔가 이상한 것을 질질 끌고 이쪽에서 저쪽으로 기어간다 내장이라는 말을 꺼내기가 두렵다 결국 두려움이 너의 내장을 터뜨릴 것이다 더 번지기 전에 더 커지기 전에 더 어두워지기 전에 너는 그것을 찍어 눌러야 한다 이쪽에서 저쪽으로 질질질 기어가기 전에 자리를 바꾸어야 한다 너는 이상한 얼룩을 하고 있다 좋다 아름답다 몹쓸 계시 같다 모든 불행은 돌이켜 생각하거나 앞질러 생각하는 자들의 몫이다 그림자가 사소한 방향으로 옮겨간다 남은 시간을 세는 일이 먼지처럼 느껴진다 시간은 짐작처럼 흐르지 않는다 어제와 같은 방식으로 또 다른 하루가 조용히 들이닥친다

지하실 일기

헛된 추억이 나를 사과처럼 상하게 한다. 부풀어오르는 비밀, 짓무른 기억의 가장자리, 자꾸만 덧나는 어둠과 어둠. 오빠는 오늘도 침대 위에서 입술의 딱지를 뜯고 엄마는 온종일 창 밖을 바라본다. 나무바닥의 빛은 점점 희박해지고 빈 자리의 그늘만큼 눈 밑의 늙음도 짙어진다. 이곳은 쓸데없이 창문이 너무 많고 창문의 개수만큼 사라진 얼굴들이 어른거린다. 애야, 너는 어제 죽었는데 어째서 여전히 방방마다 있는 거냐. 엄마, 죽은 건 내가 아니에요, 내가 아니에요. 나는 지하실 한가운데에서 손전등을 떨어뜨린다. 어둠의 목덜미를 어루만져 주려 했지만 병명 없음 병명 없음. 밤마다 증발을 생각하지만 열기는 턱없이 부족하다. 이불을 뒤집어쓰고 머나먼 설산의 만트라를 암송해도 어둠은 단 한순간도 줄어들지 않는다. 베어 먹은 삶이 검게 변할 때 사람들은 어떤 눈빛으로 자신의 산화酸化를 견디는 걸까. 죽은 언니의 일기장이 내 이마를 짚어줄 때 배웅하는 손바닥들처럼 탬버린이 울린다. 잦은 바람에게 인사하는 것은 나의 손도 너의 손도 누구의 손도 아니다. 새벽 내내 철 지난 풀벌레의 기침이 발작처럼 터진다.

옥수수 수프를 먹는 아침

옥수수 수프를 먹는 아침
탁자가 필요하고
이왕이면 둥글고 따뜻한 탁자가 필요하고
의자가 필요하고
이왕이면 둥글고 따뜻한 의자가 필요하고
그릇이 필요하고
이왕이면 둥글고 따뜻한 그릇이 필요하고
누군가가 필요하고
이왕이면 둥글고 따뜻한 누군가가 필요하고
옥수수 알갱이는 노란색
알갱이 알갱이 알갱이 수프 속에 둥둥둥 떠 있고
알갱이마다 생각나는 얼굴 몇 개 죽었고 사라졌고 지워졌고
이제는 없으니까 알갱이를 먹는 겁니다
둥글고 따뜻한 알갱이를 먹는 겁니다
국물도 있어요 국물도 맛있어요
옥수수 알갱이는 노란색
알갱이 알갱이 알갱이 흘리지 마세요 흘리면 슬퍼져요
나는 알갱이처럼 말을 아끼는 사람
지금도 아침이면 아껴야 할 알갱이들의 목록을 수첩에 적는다
어째서 단 한 번도 본 적 없는 알갱이에 대해 이미 알고 있는 걸까

알갱이 알갱이 당신이 알갱이를 볼 수 있는 건
알갱이를 볼 수 있다고 믿기 때문이다
알갱이 알갱이 알갱이 옥수수 알갱이는 노란색
둥글고 따뜻한 알갱이 알갱이 알갱이
어쩌면 언제든 볼 수 있다고 믿고 싶은
조금은 그리운 알갱이 알갱이 알갱이

낯설면서도 낯익은 방식으로 살며 사랑하며

모국어가 들리지 않는 회색빛 거리에서 완전한 이방인으로 사라지던 순간의 두려움과 외로움을 기억한다. 그 시절 나는 몽파르나스의 보들레르 무덤 앞에 서 있었다. 그의 묘석 위엔 죽은 자와 이야기를 나누기 위해 곳곳에서 날아온 사람들의 승차권과 편지가 놓여 있었다. 하고 싶은 말이 너무 많아 아무런 할 말이 없었다. 불멸은 저주받은 자의 몫이라고 생각했다.

당신의 시집은 내가 돈을 주고 산 최초의 책이자 강물 위에 던져버린 첫 번째 책이라고 말하자 보들레르는 내가 자신의 시집을 산 일보다 버린 일이 더 마음에 든다고 말했다. 그는 내게 산책을 좋아하는 사람이냐고 물었다. 나는 산책 혹은 배회를 일삼는 자라고 말했다. 그는 자기도 산책을 좋아한다고 말했다. 우리는 미지未知와 부정否定의 정신을 지닌 아름다운 산책자들에 대해 잠깐 얘기를 나눴다. 해가 지고 있었고 이제 정말 작별할 때라는 것을 알았다.

그는 마지막으로 대답인 동시에 질문인 어떤 말을 했고 나 또한 질문인 동시에 대답인 어떤 말을 했고 나는 이 마지막 문장을 입 밖으로 내지 않겠다고 생각했다. 말하지 않음은 존중의 한 방식이기도 하다. 그래서 오늘 내게 도착한 시인이라는 이름의 가시 면류관 앞에서 나는 도무지 할 말이 없다. 미래의 글쓰기에 대한 단언은 늘 그렇듯 부질없는 짓이다. 깨어 있는 정신으로 이 현재의 순간 순간에 머무르는 일조차도 쉽지 않다.

하지만 이 모호하고 불확실한 시공간 속을 산책하는 일은 오랜 버릇대로 지속될 것이며 그 길 위에서 낯설면서도 낯익은 방식으로 살며 사랑하며 죽어가는 사람과 사물들을 나만의 낯선 눈으로 포착할 것이다.

어머니, 낙담 속에서도 웃는 법을 가르쳐주셨지요. 아버지, 저의 글쓰기는 아버지로부터 타자기를 물려받은 열 살 무렵부터 시작되었습니다. 좋은 화가이자 내 유일한 독자인 쌍둥이언니 에니야, 언제나 사려 깊고도 날카롭게 내 글을 읽어줘서 고마워. 앞으로도 손 잡고 함께 걸어가자. 내 동생 웅아 진아, 너희들이 자랑스럽다. 언어의 장엄함과 황폐함을 동시에 사랑할 수 있도록 해주신 내 어린 시절의 국어 선생님인 진대곤 선생님, 그리고 무엇보다도 아름다운 그대 그대들에게 사랑을 사랑을.

뛰고 달리는 말이 불러일으키는 쾌감

모두 열두 분의 시가 본심에 올랐다. 그 가운데 김란 씨의 「자벌레」 외 4편과 이제니 씨의 「검버섯」 외 5편이 마지막으로 논의됐다.

김란 씨는 시를 안정감 있게 지을 줄 아는 사람이다. 그의 문체는 단정하고 간결하다. 쓸데없는 수사가 없다. 그런데 그만의 독특한 스타일이 약하다. 그래서 독자의 머리와 마음에 흔적을 남기지 않고 그저 무난히 스쳐간다. "생식기도 성기도 아닌/ 비뇨기만 남았다던"(「골똘한 화장」에서) 같은 재미있는 표현이 아주 없는 건 아니지만, 전체적으로 활달함이랄지 생기랄지가 모자라 보인다. 관념어의 잦은 사용과 리듬감 없이 늘어진 문장은 생동감의 걸림돌이다.

당선작으로 이제니 씨의 「페루」를 뽑는 데 망설임이 없었던 건, 거기 자기만의 스타일이 있었기 때문이다. 말의 재미를 십분 즐기는 듯한 자유로운 형상화 능력도 젊음의 싱싱함과 미래의 가능성을 드러낸다.

"고향에 대해 생각하는 자의 비애는 잠시 접어두자. 페루는 고향이 없는 사람도 갈 수 있다. 스스로 머리를 땋을 수 없는 사람도 갈 수 있다. 양이 없는 사람도 갈 수 있다. 말이 없는 사람도 갈 수 있다. 비행기 없이도 갈 수 있다. 누구든 언제든 아무 의미 없이도 갈 수 있다."(「페루」에서)

그의 시들은 대개 행갈이를 하지 않고 문장을 잇대어 쓴 산문시다. 그런데도 그 시들은 리듬감이 뛰어나고, 진술에 역동성이 있다. 생동하는 말맛의 맛깔스러움이 피처럼 출렁거리며 줄글 속을 달린다. 달리는 말의 리드미컬한 속도감이 이미지와 이미지 사이의 빈 공간을 메워, 시의 풍경이 활동사진처럼 단절감 없이 펼쳐진다. '누구든 언제든 아무

의미 없이도 갈 수 있'는 페루처럼 그 이미지를 논리적으로 따라가지 않는다 하더라도 말 자체의 속도감이 쾌감을 준다. 이 발랄한 시인의 행보가 더욱더 힘차길 기대한다.

심사위원 : 황인숙 · 최승호

정은기

1979년 충북 괴산 출생
현재 경희대학교 대학원 국어국문학과 재학 중
2008년 한국일보 신춘문예 시 당선

literove@hanmail.net

■한국일보/시
차창 밖, 풍경의 빈 곳

차창 밖, 풍경의 빈 곳

철길은 열려진 지퍼처럼 놓여 있다, 양 옆으로
새벽마다 물안개를 뱉어내는 호수와
〈시골밥상〉이니 〈대청마루〉니 하는 간판의 가든촌이
연대가 다른 지층처럼 어긋나 있다
등 뒤로 떨어지는 태양이 그림자로 가리키는 북동의 방향으로
질주하는 춘천행 무궁화호 열차
지퍼를 채우듯 틀어진 자리를 꿰매며 달려가는 것은 열차의 속도
였다

기차의 머리가 향하는 방향을 보여주는 것은 긴장을 잃고 곡선으
로 휘어지는 구간에서라는 사실을 기억하자
그곳에 자리를 튼 마을이 호수에 기대어 살고 있다는 것을 알게
될 것이다
사람들은 이제 〈가정식 백반〉의 가정을 찾아 속도에 몸을 싣고 거
꾸로 달린다
이곳에서는 두고 온 먼 곳의 시간을 추억하는 일도
먼발치에서 바라보는 풍경을 관람하기 위해 돈을 지불하고
박물관을 찾는 일만큼이나 자본주의적이다
직선의 끝에는 목적지가 있어
마을은 머지않아 먼지의 전시관이 될 것이다

곁길로 샐 수 없는 것이 슬프다는 것을 호수는 알고 있을까
틀어진 굴곡을 따라 살을 드러낸 풍경의 허리를 휘감고
돌아가는 기차, 가끔씩 창밖으로
활처럼 휘어지는 기차의 곡선을 본다면
퇴락을 거듭하는 호숫가 옆, 한 마을이 생각날 것이다

선인장의 생존법

여행에서 돌아와 보니
집안의 선인장이 말라 비틀어져 있다
차례차례 포기할 것의 목록을 작성하며
뿌리로부터 가장 먼 곳의 잎사귀,
가장자리부터 스스로 숨을 놓는 선인장
그렇게 조금씩 죽음을 늦추고 있었다

제 숨을 한 번에 들었다 놓지 못하는
우유부단함이라 생각하다가도
한꺼번에 모든 것을 포기할 수 있는 생이 있을까

내가 버릴 수 있는 것이라곤
매일 조금씩 뽑혀 바닥에 뒹구는 머리칼과
구겨 던진 쓰다 만 편지, 그리고
어제 처음 만난 중국인 유학생에 대한 기억 정도
그러나 내가 버릴 수 있는 것들은 모두
사소한 하나까지 가시를 세웠다

조금씩 죽는 것이
그만큼의 삶을 이어붙이고 있는 것임을 알지 못해

선인장처럼 가시돋힌 불안을 껴안고
균형을 잃을 때마다 가시에 찔렸다

혼인비행을 마친 여왕개미는 스스로 날개를 꺾는다
제일 먼 곳의 자신을 하나씩 지우는 삶의 규칙, 나는
내 몸의 어느 한 부분을 잘라내야겠다
천천히 오래도록 상처가 덧나게 하기 위하여
환부 깊숙이 칼을 박고 도려내고 싶은 것이다

포클레인

잠실대교 보수공사 현장, 수로매설작업팀에서
나는 포클레인과 한 조가 되었다
콘크리트 관을 하나하나 이어붙이는 동안
지속된 응시는 포클레인의 철판에서도 표정을 읽게 한다
표정을 들키는 순간 포클레인은 내게서 인격을 얻게 되었다
그 순간 나는 포클레인의 탄식 내지 넋두리를 들을 수 있었다
힘이 세다는 것은 비극이라고 말했던 것 같다
바위에 머리를 처박아도 피가 나지 않는다고 했다
반대로 나약한 운명은 아름답다고,
사소한 충격에도 허리가 꺾이고 싶다며 포클레인은
큰 삽을 한번 떨구어 허공을 물어뜯었다
포클레인에게 다가가기 위해 나는
기나긴 굴곡의 다리를 놓아주었다
그의 옆에서 모자를 벗고 담배를 피우며 앉아 있을 때
포클레인은 커다란 삽으로 머리를 빗겨주었다
바람이 머릿속으로 파고들어 땀을 식혀주었다
부르릉, 나약해지기 위해 몸을 떠는 포클레인
땅 속으로 매설되는 콘크리트 관 속으로
따뜻한 피가 돌았다

꽃 피는 마당

이편의 가을은 말랑말랑했지만 대문 저편 가을은 버짐 핀 얼굴이었네 문틈으로 조금씩 새어나오는 마당에 핀 꽃들, 굳어 있던 대기를 가르고 잠자리가 긴 꼬리를 그리며 날아들었네 미처 가져오지 못한 오래 전의 이야기들 거름더미로 푹푹 썩고 있었네 그 옛날 지붕을 타고 흘러내리던 별빛들이 처마 밑으로 고여 깊은 우물을 만들고, 까끌한 고양이 혓바닥처럼 껄껄이풀이 종아리를 휘어챘다네 쓰리게 감겨오는 이 평화로움에 담장도 이제는 누우려 하네 한때 담장 옆 평상 위에 둘러앉아 저녁을 먹던 가족들은 모두 떠나 버렸네

아버지가 일찍 죽은 농사꾼의 일생은 가난했다
그 농사꾼의 큰아들의 일생은 반만 그의 것이었다
그러나 그의 아들은 자신의 삶 전부를 가지려 했다
삼대가 마주하는 밥상에는 오래도록 말이 없었다

대문이 열리자 이야기들은 일렁이며 넘쳐흘렀네 한 시절을 밀어내고 울 밑으로 피어나는 금잔화, 앙상하던 비닐하우스에도 살이 붙기 시작했네 하룻밤 요강 속에 고여 진하게 익어가던 가난과 가난을 삶아내던 커다란 가마솥 주위로 사금파리 반짝반짝 햇볕을 깨무네 예전엔 이곳에서 돼지를 잡았다는, 돼지비계처럼 말랑말랑한 가을이 여울졌다는 이미 오래 전의 마당이라네 이제 떠났던 가족들이 꽃 피는 마당으로 하나 둘 모여들겠네

냉장고 속으로 사라진 남자

마침 겨울이었다
모두 잠든 사이 보일러가 고장났다
그리고 한 남자가 냉장고 속으로 사라져 버렸다
고장난 밤은 면역력 없는 환자와 같아서
온기를 품었던 자리마다 허물어져 나갔고
지탱되던 모든 것이 떠내려갔다
그는 살진 거대한 숙주였고
산란의 계절이 돌아오자 추위는
알을 낳기 위해 남자 곁에 누웠다
그것은 부화될 수 없는 환상이라고도 했다
뜨거운 호흡과 체액마저 남아 있지 않게 되었을 때
고양이의 얼굴로 달려드는 어둠을 보았다고 했다
치렁치렁 머리칼을 늘어뜨리고
창밖을 서성거리는 귀면을 보았다고도 했다
고양이들은 풀어내린 귀면의 머리칼 속으로 경주했고
어둠 속으로 숨어들어 눈이 되었다 했다
남자는 무서워, 구석에서 웅웅거리는 냉장고
냉장고 속으로 들어가 울었다는 것이다
잠을 호호 불어가며 꿈속의 빈 자리를 노렸지만
아침이 되어도 추위는 좀처럼 녹지 않았다

사라진 남자의 자리에
살아 있는 것들의 살만 갉아먹는
겨울의 유충들이 들끓고 있었다

갈대들에게 배운 것

위로받기 위해 찾아간 바닷가
파도보다 먼저 겨울새를 품고 있는 갈대 군락이
바람에 일렁이며 뿌리를 내리고 있다
보듬어 준다는 것은 갯벌 위의 어지러운 발자국, 저 철새들의 헤매임까지도 숨겨주는 일이라는 것을 알겠다
둥둥 떠다니는 기름, 먹빛 수면에서도 무지개는 떴다

삶의 이면으로 숨어드는 일이 눈과 입과 귀를 지우고 갈대처럼 갯벌에 꽂히는 일이라는 것을 새들은 보여준다
겨울 나무가 잎사귀를 떨어뜨리고 서 있어도 새들은
먼 곳에서 나무를 찾아 날아온다
가만히 있어도 혼자서 중심에 서는 나무,
그래서 나무는 외롭다
가지 끝에 맺혀 있는 물방울이 무심코 가져다 댄 당신 검지손가락 끝으로 제 몸을 풀고 건너가는 일처럼
무너뜨림이 새로운 집착으로 맺히는 곳
갈대들의 수런거림 사이로 시간이 깎아내고 있는
당신의 얼굴을 나는 들켜버리고 말았다

파도가 뜨고 있는 절개지에서

갈대의 줄기보다 굵은 뿌리들이 뻘을 움켜쥐고 있었지만 곧 쓸려 갈 것임을 알기에
　바람은 갈대의 군락을 한 곳으로 머리 숙여 잠들게 했다

　발 디디는 곳마다 진창인 갯벌에 내려서서 새의 발자국을 따라 바다로 나간다
　수평선 너머 노을에 젖는 차가운 하늘이
　당신의 입술이라는 생각은 하지 않겠다

내 속에 들끓었던 고민과 갈등에 위안

오래 전부터 책을 읽을 때면 나는 저자의 약력부터 살피는 습관이 있었다. 그리고 책의 가장 처음에서 남들과 다른 특별한 이력 한두 개쯤 발견하고 나면 어떤 특별함도 없는 나의 이력을 지리멸렬한 것으로 치부해버리곤 했다. 시의 문장은 어떤 비기와도 같은 천재성과 결부되어 있다고 믿었었고 조용히 우리 가족의 기원을 의심해보기도 했다. 나는 왜 천재가 아닌가 하는 치기어린 열등감이었다.

사실 생각해보면 어린 시절부터 나는 가족들로부터 많은 사랑을 받았다. 하지만 내가 받은 사랑을 나누는 방법을 배우지 못해 늘 사람을 사랑하는 일에 서툴렀다. 때문에 너무 쉽게 타인의 상처에 이름을 붙이고 긍정하려 했고 뒷전에 물러나서는 슬플 것 없는 내 삶에 대해 불평하기도 했다. 매우 어리석었다.

계속되는 낙선의 고배를 마시는 동안 나에게 특별한 재능이 없다는 사실을 알게 되었고 시는 특별한 이력이나 천재성으로 성취되는 것이 아니라는 사실도 배우게 되었다. 나는 오히려 평범한 내 삶과 무거운 엉덩이와 큰 머리, 굵은 손가락, 아직 갈피를 잡지 못한 무대뽀식의 내 젊음을 사랑하게 되었다. 이제 한자리에 끝까지 앉아서 오랫동안 응시하고 무겁고 육중한 시를 쓰는 일이 내 체질에 어울린다는 사실도 알게 되었다.

이런 이유로 당선 소식을 전해 들었던 지난 밤, 아직은 설익은 작품으로 당선된 것에 대해 내 속에서 들끓었던 많은 고민과 갈등에 작은 위안을 삼고자 한다. 무엇보다 부족한 작품에서 가능성을 보아주신 심사위원분들께 꾸준하게 오래도록 쓰겠다는 다짐으로 감사드린다. 참된

삶으로 이끄는 시를 쓰도록 격려해주신 김재홍 교수님과 게으름과 나태에 끊임없이 죽비를 내려주시던 박주택 교수님께 감사드린다. 늘 애정을 가지고 시를 보아준 사시미思詩美의 호남형, 학중형 그들보다 먼저 이름을 걸게 되어 미안하다. 경희문예창작단에서 함께 시를 쓰고 있는 재범형, 경섭이, 은지, 규진이 그리고 많은 선후배들, 사랑한다. 아직 사람을 사랑하는 것에 서툴지만 그들에게 하나둘 배우고 있어 매우 소중한 친구들이다.

그리고 당선 소식에 눈물로 축하해주신 우리 김복순 여사님과 아버지 정채용 씨, 동생 다금이, 사랑합니다.

언어적 감수성 · 말걸기의 새로움 번뜩

시는 말 걸기다. 시적 대상에게 말 걸기. 하지만 여기에서 그친다면 아직 시가 아니다. 시적 대상에게 말을 건다는 것은 결국 독자에게 말을 건다는 것이다. 시는 대화다. 그러니 시적 대상과의 대화가 만족스럽지 않다면, 독자와의 대화는 기대하지 말아야 한다. 수많은 응모작 가운데 한 작품, 즉 새로운 시인을 가려내는 과정은 곧 개성적인 대화 능력을 선별하는 과정이기도 하다.

심사위원들이 최종적으로 여섯 편의 응모작을 논의 대상으로 삼았다. 홍종화의「투명한 돌밭」, 신희진의「온난화」, 임재정의「나를 겨누다」, 임경섭의「자동판매 김대리」, 박은지의「뿔의 냄새」, 정은기의「차창 밖, 풍경의 빈 곳」. 이 가운데 먼저 네 편을 제외할 수 있었는데 그 이유는 다음과 같았다.「투명한 돌밭」은 비유와 묘사가 탁월했지만 전체적으로 조화를 이루지 못했고,「온난화」는 구성과 전개가 자연스러웠으나 결말이 어색했다.「나를 겨누다」는 단단한 기본기가 눈길을 끌었지만 애인과의 이별과 사과를 깎는 행위가 작위적으로 보였다.「자동판매 김대리」역시 시적 주체의 행위가 개연성을 갖지 못했다.

남은 두 작품은 박은지의「뿔의 냄새」와 정은기의「차창 밖, 풍경의 빈 곳」. 삶을 바라보는 시선은 박은지의 작품이 성숙했지만, 표현의 차원에서는 정은기의 작품이 뛰어났다. 결말 처리는 박은지가 우수했고, 도입부는 정은기가 참신했다. 두 응모작은 상호 보완 관계에 있었다. 심사위원들은 고심 끝에 정은기의 언어적 감수성에 점수를 주기로 했다. 시적 대상에게 말을 거는 방식의 새로움이 독자와의 신선한 대화로 이어진 것이다.

당선자에게 축하를 보내는 동시에 최종심에 오른 다섯 분들의 분발을 기대한다. 부디 출발 시점에 연연해하지 말고, 길게 보시기 바란다.

10년, 20년 뒤 누가 더 좋은 시를 쓸 것인지는 그 누구도 예측할 수 없다.

심사위원 : 정호승 · 이숭원 · 이문재

조연미

1981년 서울 출생
2002년 숭의여자대학 문예창작과 졸업
2005년 원광대학교 문예창작과 졸업
2007년 원광대학교 대학원 문예창작과 재학
2008년 부산일보 신춘문예 시 당선

kiku81@nate.com

■부산일보/시
예의

예 의

손바닥으로 찬찬히 방을 쓸어본다
어머니가 자식의 찬 바닥을 염려하듯
옆집 여자가 울던 새벽
고르지 못한
그녀의 마음자리에
귀 대고 바닥에 눕는다
누군가는 화장실 물을 내리고
누군가는 목이 마른지 방문을 연다
무심무심 조용하지만
숨길 수 없는 것들을
예의처럼 모르는 척하는 일상
아니다, 아니다 그러나
아니더라도 어쩔 수 없다
몸의 뜨거움으로
어느 귀퉁이의 빙하가 녹는지
창 너머에 눈이 내리기 시작했다
또 잊혀지는 것들이 생기는 것이다
뻔하고 흔한
세상의 신파들 사이를 질주하며
이번에는 흥청망청 살고 싶어요 소리치며

눈은 내리고
가지런히 슬픔을 조율하며 우는
벽 너머의 당신
찬 바닥에 기대어
누군가의 슬픔 하나로
데워지는
맨몸을 가만 안아본다

기차 흐르는 밤

겨울 진주역
입석표를 손에 쥐고
종착역으로 가는 사내의 짐은
철 지난 옷이 가득한 가방과
먼 친척에게 팔러 가는 오징어와
아직은 무릎이 튼튼하다는 아이
사내가 술을 병病 삼아 빈 좌석에 눕자
아이는 짐을 끌고
기차 출입구 사이에 선다
밤이 깊어질수록
기차 안은 사투리가 사라져
아이는 불현듯 말투 하나로 고아가 되고
거울에 비친 남의 얼굴 그리다
깜박깜박 슬픈 꿈이라도 꾸는지
호오 입김 불어 유리창에 말간 도화지 펼치는 밤
창 너머 가로등
낚시찌처럼 까닥거려
별빛 물고기
이마에 떨어질 것 같은 밤
기차 찰박찰박 흔들거리고

밤바다 같은 어둠 출렁거려 어딘가 흘러들고 싶은 밤
가방 속에서 오랫동안 추웠던
낡은 옷의 단추가 알알이 채워지고
납작해진 오징어가 둥실 되살아나 춤추는 밤
이제는 깊은 밤 자장
자장 잘 자라고
기차가 달리는 길마다 목침木枕을 놓아두는
아이의 잠 속으로 기차 흐르는 밤

아버지의 만화방

리어카에 만화책 싣고 아버지 돌아오셨지
완결이 없거나 권수가 맞지 않는 이가 빠진 책들
난쟁이 같은 할망구와
문맹인 아이들이 사는 마을
태양을 등진 가게에 흐린 형광등 하나 달았네

씀벅씀벅 어둠에 익숙해지던
아버지의 만화책들 중 몇은
나일론 끈에 묶여 원양어선에 킬로당 얼마로 팔려가
밤이면 어부들의 애독서로 가슴이 부풀어 오르기도 했으나
대부분 모난 가게의 비뚠 방 높이를
오지랖 넓게 챙기며 가구 아래 박혀 있거나
저녁 땔감이 되었지만
종이로 데운 방은
자기네 몸태우기에 바빠 늘 추웠다 하네

만화방 주인장의 꿈 많은 주벽은
도둑질을 쉽게 가르친 탓에
매 맞던 아이들은
이젠 울어도 용서가 없는 곳으로 일찍 사라져 갔고

아버지의 외상 장부에 적혀진 이름들은
만화책 주인공처럼 종적 없이 떠났지만
화려한 외전으로 돌아오는 법이 없었다네

어느 날 어린 딸은
모두 같은 각도의 인물들이 나오는
만화를 그려 그에게 보여 주었지
이렇게 한 포즈로 인생을 다 써버려도 좋을까요, 말 없는
아버지
오랜 구상 끝에 어느 날
자신에게 가장 익숙한 포즈를 찾았다는 듯
간판을 내리고
자신의 만화 속으로 총총 들어갔다네

깨 볶는 노인

백 촉 백열등 아래
눈 어두운 노인이
깨를 볶는다
양념 중에 젤로 중한 기 깨여
그는 이순耳順을 넘은 지 오래라
순하고 착한 그의 귀는
이제
세상의 뜨거움을
다만 고소한 냄새로 들려주는
팔순 홀아비의 바람막이
자식들의 안부 전화에도
이제는 하고팠던 말만 하며
듣고 싶은 것만 들어도 좋을 나이라
목소리는 크고
듣는 귀는 어두운 늙은 아비
올해 수확한 깨를 볶아
암에 걸린 딸아이의 먼지 쌓인 부엌으로
며느리가 도망가버린 아들의 식탁으로
깨가 쏟아질 밥상을 차리는
두레 밥상의 터줏대감

돌아가는 손에 들려진
까맣게 탄 깨 한 되
잊었던 자식들의 끼니를 챙기는
먹지 못할 노인의 양념

유랑가족 일기

바다로부터 소식은 전해지지 않았다
아이는 도시의 친척집으로 보내졌다
아이의 잠자리에서는
뱃고동 소리가 자주 들린다 하였고
산 아래 타워크레인이 이리저리 움직이면
배의 돛대가 바람을 타고 방향을 바꾸는 거라 했다
밤이면 산동네의 작은 집은 둥실 떠올라
멀리 떠나곤 하였기에
낡은 안테나와 문들은
아귀가 맞지 않는 몸을 맞추었고
문가에서 자던 아이의 잠은
도닥도닥 장도리질로 단단해졌다
바람의 귀를 붙잡아
오늘은 어디로 가느냐고 꿈결에 물어보면
하늘의 전깃줄은 덜컹
덜컹 바다로 가는 철로가 되어
저 아래 가로등 별빛들이 출렁거리는 밤바다를 지나
배 저을 손이 힘들지 않는 바다
바람이 달을 부풀리듯
찬찬히 입김을 불어주는 순풍의 바다로 간다 하였다

늘 먼저 간 아이의 마음이
파도를 끌어당기면
눈가에는 물빛 물고기가 참방거렸다
그럴 때면 아이의 이마를 쓸어주기 위해
지상에 가까이 내려온 달빛이
어두워진 바닷길을
비추는 등대의 불빛이 되어
달려 나갔다

사과, 익어가는 시절

청계천 주홍색 전구 빙빙 돌아가던 과일집 봉추 아저씨가 내 주머니에 넣어 주었던 빨간 사과는 너무나도 흰 속살을 가지고 있어 먹을 수가 없었다. 조기 두름처럼 헌 책을 노끈에 묶어 쌓아둔 한 평 반의 고시원 방.

밤이면 책에서 활자들이 수천 마리 모기떼로 쏟아졌다. 책장을 넘기면 자주 빰, 때리는, 소리가 났다. 그 해 여름 동대문 야시장에서 라면을 끓이고 커피를 타고 박카스를 나르던 스물의 매점순이 안식은 냉장고의 심장소리였다.

나의 계절은 돌아오지 않으니, 나는 좀 오래도록 먹을 만하리라.

세상의 모든 과일이 가을에 다 익는 것은 아니지? 과일집 봉추 아저씨네 불빛 아래 붉은 얼굴을 갖고 싶던 나는 낮게 중얼거렸다. 깜깜한 방 안에서 익고 있을 내 사과 한 알 맛있게 둥글게 천천히 이 세상 한 귀퉁이를 익히리라.

연필로 글자를 쓰면 잘 익은 사과 베어 먹는 소리가 난다. 어느 날 내 글자들이 잘 익은 사과 한 알로 네 입 안에 달디단 단물을 낼 수 있다면 그때는 나를 좀 맛있게 먹어주련.

꿈꾸고 원한다면 결국 다다를 것

당신의 이름은 은주…, 최은주崔恩主. 나는 당신을 만날 수 있을까요. 언니의 가난한 끼니를 챙기며 자신의 젖을 짜 내밀던 스물셋의 어미, 쌀가마니 쌓인 곳간을 보고 배 굶지 않아도 되겠다 싶어 시집간 스물의 처녀, 쌀 사오라는 심부름으로 책가방을 사 쫓겨났던 맹랑하던 고아 계집아이. 당신과 나의 심장이 하나로 포개져, 그 심장의 두근거림이 멀리까지 징검다리를 놓던 시절, 당신이 도곤도곤 울려 주던 심장의 장단에 맞춰 세상으로 나아갈 걸음을 놓던 조그마하던 아이가 당신을 불러도 될까요.

시인들의 시를 따라 적던 굳은살 하나면 족하다, 했던 나날들. 늘 열정을 열망하면서도 먹기 위해서, 잠자릴 위해서 다른 곳에 있어야 해도, 늘 그것만 생각하고, 꿈꾸고, 원한다면, 한 줄의 글은 당신의 심장 소리를 따라 놓이던 징검다리처럼 나를 다다르게 할 거라고 믿습니다. 그래서 나의 구원은 당신의 이름을 불러 보는 것으로 족하기도 했습니다. 살아 있는 발화로 나는 다른 얼굴을 가진 무수한 당신을 만날 수 있을까요. 그리운 나의… 은주 씨.

부족한 작품을 뽑아주신 심사위원 선생님들과 부산일보에 감사드리며, 강형철 교수님, 박상륭 교수님, 또한 강연호 교수님께 고마운 마음을 전합니다.

상투형 벗어난 신선한 가능성

뽑는 이들의 손에 마지막까지 남은 작품은 김중곤의 「소금밭의 기억」, 조연미의 「예의」 두 편이다. 「소금밭의 기억」은 녹록지 않은 시력으로 다져진 단단한 틀거지를 지녔다. 바닷물이 소금으로 변화해 가는 과정이라는 다소 낯익은 글감에 대한 흔치 않은 상상적 투사가 돋보인다. 그러나 작품 세부까지 충분한 제어력을 보여주지는 못했다. 열아홉 줄에 걸친 한 편 시 속에서 '하얀'이라는 수식어를 다섯 번이나 거듭할 수밖에 없었던 까닭이 무엇인가를 응모자는 곰곰 헤아려 보아야 할 일이다.

조연미의 「예의」는 「소금밭의 기억」에 견주어 단연 신선하다. 함께 보내온 작품들이 지닌 역량도 만만찮다. 사소한 일상을 결코 범상하지 않게 다듬어 내는 솜씨가 고르다. 「예의」는 나와 타자의 만남이라는 주제를 따뜻하면서도 곡진하게 끌어안은 작품이다. '창'과 '벽'으로 표현되고 있는 경계를 축으로 그 너머 세계와 합일을 꿈꾸는 상상적 줄거리는 가벼운 반어적 기슭까지 닿아 있다. 아직도 시가 우리 둘레에서 위안의 장소가 될 수 있음을 잘 보여주는 본보기가 됨직한 작품이다. 게다가 "몸의 뜨거움으로/어느 귀퉁이의 빙하가 녹는지/창 너머에 눈이 내리기 시작했다"와 같은 빛나는 깨달음까지 얻고 있음에랴.

뽑는 이들은 상투형을 벗어난 「예의」의 신선한 가능성에 훨씬 높은 점수를 주어 당선작으로 민다. 모름지기 오래 기억될 시인으로 거듭나기 바란다.

뽑는 이들의 눈을 한참 머물게 했던 작품을 보내준 세 사람, 예컨대 「아버지의 침대」의 박금숙, 「벽」의 박해술, 그리고 「102번을 타고」의

조해점과 같은 이에게도 격려를 보낸다. 멀지 않아 제 목소리를 내는 신인으로 즐겁게 만날 수 있으리라.

심사위원 : 황동규 · 박태일 · 최영철

시조

신춘문예 당선 시조

김남규

1982년 충청남도 천안 출생
2002년 한국시조시학회 주최 전국시조백일장 일반부 차상
2003년 제4회 전국 가사·시조 창작공모전 일반부 우수상
2007년 중앙일보 시조백일장 3월 장원
현재 경기대학교 국어국문학과 재학 중
2008년 조선일보 신춘문예 시조 당선

knk1231@naver.com

■조선일보/시조
염전에서

염전에서

오늘도 서산댁은 낮은 바다 막고 선 채
뒤축의 무게로 새벽 수차를 돌린다
바람은 빈 가슴 지나 먼 바다를 일으키고

지친 오후 밀어내고 살풋 잠이 들자
잠귀 밝은 수평선 해류 따라 뒤척이며
뒤틀린 창고 이음새, 덴가슴도 삐걱인다

남편은 태풍 매미에 귀항하지 못했다
소금기 절은 목숨 몇 잔 술로 달랠 때
눈시울 노을로 번져 잦아드는 썰물빛

설움으로 풍화된 닻 말없이 내려두고
무명의 소금봉분, 메다 꽂힌 삽자루여
가슴엔 뱃고동 소리 야윈 달이 차오른다

일어서는 화성華城
—— 정조의 울음

저 산 하나 넘지 못해 휘어진 낮달은
허리 끊긴 장안문에 더운 날숨 이어간다
지지대, 대살진 곳에서 꽉 움켜쥔 젖은 흙

사도세자 용서마저 무릎처럼 꺾인 그 후
서둘러 빗장 걸고 단단히 묵언默言 쌓는데
새돌은 선왕의 무게로 어근버근 더해지고

성문 밖 갈기 세운 울음이 몰려온다
썰물진 시간들로 낡은 깃발 흔들어보지만
뒤주 속 충혈된 그림자 밤새 앓던 달빛인가

눈 가려 울던 기억 눈썹 밑을 밝히면서
이 악문 탕평책 뭉툭하게 돌을 깎아
마음에 빙 둘러 세운다 화성을 일으킨다

＊지지대(遲遲臺) : 수원과 의왕의 경계 지점에 있는 고개로서 서울 쪽에서 수원
  으로 들어오는 첫 관문으로, 정조는 이 고개에서 사도세자의 능을 바라보며 하
  염없이 슬퍼하여 행차를 지체하였다 하여 지지대라 일컫는다.
＊화성(華城) : 17세기 정조대왕은 왕권 강화와 경제 신도시를 만들려는 계획으
  로, 친아버지 사도세자의 무덤을 수원으로 이장한다. 화성은 그 계획에 의해
  만들어진 성곽으로 장안문은 서울에서 들어오는 길목에 선 첫 번째 성문이다.

사당역 4번 출구

행인들 오르내리는 강파른 계단 중앙

등만 보이는 아저씨 얼마나 웅크렸을까

노숙은 붉어진 척추로 등허리를 가른다

출구 한켠 푸성귀로 좌판 펼친 할머니

손등의 패인 주름 침목枕木을 닮아가고

순한 눈 끄먹거리며 낡은 꿈들 뒤스른다

손 내민 검붉은 사연 치더듬던 그 자리

봄 하늘 다붓하게 귀뜸하듯 햇살 내리고

알싸한 냉이뿌리 내음, 눈물빛이 고여 있다

새순 같은 지폐 한 장 틔어주는 계절 속에

허기진 고향 냇가 얼음 하마 녹았을까

눈부신 모퉁이 안쪽 햇빛 환히 앙근다

3일치의 법칙
—— 어느 비정규직 캐시어(cashier)의 저녁

그녀는,
단내 가득 맴도는 늦은 저녁
서럽게 뒤척이는 빨래들 털어 널고
가뜩한 무릎관절로 일용할 밥을 짓네

종아리 힘줄 당기며
시새우는 2교대
화장기 번진 신산함 거울 세워 지워내면
가녀린 목덜미 주름
물속처럼 어둡네

빈 그릇 덜겅이며 등 구부려 닦아낼 때
물 젖은 밥공기
엎어진 시간 말하고
앞섶의
물 얼룩진 삶
깨금발로 흘려보내네

휘어진 별빛 하나
어둔 잠을 청하는 밤

목 잠긴 자명종소리
근육통과 돌아눕고
가만히,
가만히 눈감은 그녀,
눈물빛이 어룽지네

* 3일치의 법칙 : 아리스토텔레스의 〈시학〉에 따르면 고전극은 철저하게 3일치
(Three Unities)의 법칙을 준수해야 했다. 3일치의 법칙이란 연극에서 시간,
장소, 행동의 일치를 지칭한다. 극중 사건은 동일한 한 장소에서, 관객과 똑같
은 시간의 흐름 속에 수행되어야 하며, 또한 단일한 행동의 이야기 즉, 모든
사건이 하나의 이야기를 위해 짜여져야 하므로 하나의 플롯 형태로만 이루어
져야 한다는 법칙이다.

길 만드는 노인

저만치 적막조차 물러선 어스름에

맹인 할아버지 길섶을 떠듬떠듬 찍고 있다

등뼈 휜 어둠의 무게 교차로에 길을 내고

바튼 숨 쿨럭이며 허공을 둘레거릴 때

직립의 지팡이 날이 바짝 들어선다

헛짚어 발목 뻰 세상도 서릿발을 일으킨다

실그러진 물살까지 온몸으로 끌고 가나

한 땀씩 손끝으로 덧대은 길 위의 길!

신새벽 그 길을 따라 돋을볕을 도두밟는다

외할아버지의 임종

낮고 잦은 찬바람에 단壇 쌓는 감나무
툭, 투둑 푸른 힘줄 불거졌던 여름 지나
휘어져 오금 저린 세월, 등허리가 무너앉았습니다
잎사귀로 말했던 나무 이제는 어눌한데
아직도 할 말 많은지 까치밥이 조랑조랑
투박한 아귀힘으로 알알이 붙잡습니다
이 빠진 모음으로 안부를 전해올 때
감 몇 톨 빛 부시게 하늘을 지켜내며
지상의 붉은 가지에 머뭇머뭇 걸려 있네요

시조로 소외된 사람들 어루만질 수 있다면

무엇보다 가장 먼저 하나님께 감사와 영광을 돌립니다.

5년 전이었습니다. 대학교 중간고사 대체로 나간 시조백일장에서 난생 처음 쓴 시조로 우연히 상을 타게 되었습니다. 그 후 지금까지 습작하고 있는 시조는 김용택 시인의 말처럼 어쩌면, 시가 스스로 걸어서 제게로 온 듯합니다. 밤마다 수없이 울음을 삼켜가며 수십 번, 아니 수천 번 포기를 생각했었지만, 이제야 왜 제게 시조가 걸어왔는지 고개를 절로 끄덕이게 되었습니다.

이 젊은 날의 힘겨움을 시조로 이겨내라는 이지엽 선생님의 가르침 덕분에 지금까지 달려왔습니다. 가진 자와 강자의 손을 들어주는 것이 역사라면, 못 가진 자와 약자의 손을 들어주는 것이 문학이라고 선생님께서 늘상 말씀하셨습니다. 그러나 제가 감히 소외된 자를 어루만질 수 있는 사람이 될 수 있을까 하며 지금도 망설이고 있습니다. 고통받는 자의 아픔은 추상적이지 않고 구체적이기 때문입니다. 그렇지만 이 소중한 작업이 그들에게 뜨끈한 밥 한 공기 되진 못해도, 그들을 기억하는 눈물 한 방울은 될 수 있으리라 입술을 지그시 깨물어 봅니다.

저에게 문학을 힘으로 삼고 살아가라는 경기대학교 국어국문과 교수님들과 문예창작과 교수님들, 그리고 제가 이 땅에 굳건히 서 있을 수 있게 해주는 가족들과 이지엽 선생님, 사랑하는 이들에게 영광을 돌리며, 끝으로 아직 너무나 부족한 저를 뽑아주신 심사위원님께 진심으로 고개 숙여 감사드립니다.

빈틈 없는 구성… 시적 감도 높여줘

  새벽의 언어를 캐기 위하여 밤을 밝혀온 생각들이 시조의 높은 가락을 뽑아 올리고 있다. 신춘문예의 벽을 오르기 위해 모국어의 틀 속에서 오늘의 삶을 깎고 다듬는 손길들이 섬세하고 맵차다. 더욱 반가운 것은 응모작품들이 거의 고른 수준으로 상승하고 있음이다. 시조가 지니고 있는 시적 구성요소를 잘 체득하고 있을 뿐 아니라 아주 자재롭게 글감을 찾고 거기 맞는 가락을 짜내는 일에도 능숙한 작품들이 많았다.

  「염전에서」(김남규), 「눈 속의 새」(황성곤), 「그 해 겨울 갯벌에서」(송이나), 「감나무 합창」(한을비), 「풀씨 이야기」(유순덕), 「겨울 쑥부쟁이」(임채성) 등이 마지막까지 밀고 당기었다.

  「눈 속의 새」는 새 맛내기로는 단연 앞섰다. 그러나 관념의 과잉이 의미의 실상을 보여주는 데는 미흡했다. 「그 해 겨울 갯벌에서」는 우선 제목이 주는 추상성이 걸린다. "그 해 겨울"이면 "갯벌"의 지명도 따라야 하지 않을까? 평시조의 시행을 산문형으로 이어나간 것도 거슬렸다. 「감나무 합창」은 너무 정직하게 형식미를 지킨 것이 오히려 시를 답답하게 가두고 있다. 시조의 형식은 고체가 아니라 액체임을 깨우치기 바란다. 「겨울 쑥부쟁이」는 시를 구성하는 맛이 탄탄하다. 그러나 진술적 낱말들이 자주 튀어나온 것이 시의 감도를 떨어뜨리게 했다. 치열한 다툼 끝에 「염전에서」에게 낙점을 주었다.

  당선작은 왜 시조를 쓰는가에 대한 답을 알고 찾아낸 글감에 대해 거의 빈틈이 없을 정도로 말을 꿰고 있다. "오늘도 서산댁은 낮은 바다 막고 선 채"의 첫 수 초장에서 "가슴엔 뱃고동소리 야윈 달이 차오른다"의 마지막 수 종장까지 소금밭을 배경으로 "서산댁"을 내세운 삶의 포

착을 외연성과 내포성이 알맞게 결구하여 시조가 갖는 시적 감도를 높
여주고 있다. 더욱 정진하시기를 빈다.

심사위원 : 이근배

임채성

1967년 경남 남해군 창선면 출생
1994년 동국대 국어국문학과 졸업
현재 광고기획사 카피라이터
사단법인 열린시조학회 회원
2008년 서울신문 신춘문예 시조 당선

awriter@naver.com

■서울신문/시조
까마귀가 나는 밀밭

까마귀가 나는 밀밭*

—— '오베르**'에서 보내온 고흐의 편지

윤오월 밑그림은 늘, 눅눅한 먹빛이다
노란 물감 풀린 들녘 이랑마다 눈부신데
그 많던 사이프러스 다 어디로 가 버렸나

소리가 죽은 귀엔 바람조차 머물지 않고
갸웃한 이젤 틈에 이따금 걸리는 햇살
더께진 무채색 삶은 덧칠로도 감출 수 없네

폭풍이 오려는가, 무겁게 드리운 하늘
까마귀도 버거운지 몸 낮춰 날고 있다
화판 속 길은 세 줄기, 또 발목이 저려온다

모든 것이 떠나든 남든 내겐 아직 붓이 있고
하늘갓 지평 끝에 흰 구름 막을 걷을 때
비로소 소실점 너머 한뉘가 새로 열린다

* 빈센트 반 고흐의 마지막 작품으로 알려진 유화그림.
** 오베르 쉬르 와즈 : 파리 북쪽의 시골마을. '생레미'의 정신병원을 퇴원한
    고흐가 약 두 달간 살다가 죽은 마지막 정착지로 그의 무덤이 있다.

양파를 다듬으며

섶 풀린 광목저고리 보풀 인 옷고름 같은
놀빛 껍질 벗겨 보면 눈자위가 시려 온다
아릿한 고 맵짠 기운, 코끝마저 찡해 오고

겹겹이 옹이 진 속 감싸 여민 하얀 속살
대동아기旗 무늬인가, 깊게 패인 잔주름에
할머니 저문 한때가 얼루기로 돋아난다

열여섯 여린 꽃잎 치마폭에 뚝뚝 지고
꼬리 문 군홧발 소리 고갱이로 여물던 밤
찬 이슬 못내 견디며 매운 결기만 키웠으리

말라붙은 묵은 앙금, 그 뿌리 잘라내려
다시금 알몸 되어 도마 위에 앉았어도
쓸쓸한 세상 너머의 따순 저녁을 예비한다

한계령, 가을

높새도 이쯤에 와선 가쁜 숨 헐떡인다
겨울로 가는 해가 더딘 걸음 재촉하지만
한 박자 쉬어가고픈, 박한 삶의 나들이

여기 들른 사람치고 짐 없는 이 또 있을까
신발끈 고대 풀고 배낭마저 부려보면
버려야 가볍다는 걸 저리도록 알 것 같다

더 높이 서기 위해 저마다 산을 오를 때
백두의 곧은 등뼈 타고 오른 초록 숲도
상기된 붉은 낯으로 옛 허물을 벗고 있다

하늘은 속을 비워 오히려 가득 차고
설악은 키를 낮춰 비로소 우뚝 솟는
한계령 고갯마루에 쉼표처럼 찍히는 낮달!

따뜻한 남쪽 나라

손마디가 저려온다
손님 물린 상을 보면
허기진 저녁 노을 석쇠 위에 구워질 때
꽃제비* 아들의 눈빛 행주로 훔치는 여인

엉너리 치는 인사에도
하릴없이 붉어진 귓불
바삐 배운 서울 말씨 혀끝은 홧홧한데
허리 펼 겨를도 없이 개수대에 하루를 담고

입석 길은 더 더디다
좌석 하나 나지 않고
어중간한 간이역쯤 발 묶여 선 남행열차
창 밖엔 소소리바람 어질머리 맴을 돈다

언제쯤 가 닿으려나
저 머나먼 남쪽 나라
한 물로 섞이지 못해 다시 서는 빙벽 너머
핼쑥한 눈썹달 홀로 별을 쫓아가고 있다

* 먹을 것이 없어 구걸하며 다니는 북한의 유랑청소년.

겨울 쑥부쟁이

하늘도 버거운 걸까, 짧은 해 바라지에
꾀죄한 속옷 차림 풀기 없는 낯빛으로
축 처진 빨랫줄 끝에 혼미하게 걸려 있다

돌 지난 딸아이는 빈 젖병만 자꾸 빨고
다섯 살 아들놈은 칭얼대다 잠이 든다
아내는 어느 식당의 앞치마를 둘렀을까

쑥부쟁이 야윈 대궁 시드는 겨울 옥탑방
떨이로 팔리지 못한 그 허기진 꽃잎들의
쓰다 만 이력서 위로 또 하루가 저무는데

론강*의 하늘에도 고흐의 별은 뜬다고
성에 낀 쪽창 열고 댑바람과 마주설 때
가로등 불빛 한 줄기 문득 전화기를 울린다

* 고흐의 그림 〈론강의 별밤〉을 차용.

별을 위한 안단테
—— 대학로 무명가수

살포시 붉어진 낯
눈길 둘 데 없다는 듯
빈 하늘 우러르며 낮게 잠긴 목을 푼다
오가는 사람들 앞에 겨울 해 부려 놓고

온기 없는 댑바람만
시린 품 비집고 들 때
청바지에 털어넣는 모자 속 동전 몇 닢
움츠린 마이너코드 기타 줄도 떨고 있다

제 갈 곳 잊은 사람
어디에도 뵈지 않고
총총히 저물어 가는 주린 하루 길목에서
내일은 또 누굴 향해 노래하고 있을까

무대 위 한 점 별로
고대 뜨지 않아도 좋다
곱은 손 호호 불며 돌아선 그림자 위로
엇박이 네온 불빛이 오색 조명 비춰 온다

문학적 완성 위한 시 쓰기의 길 시작

한려수도의 본령인 남해군에 가면 우리나라에서 유일하게 바닷길로 이어지는 국도가 있습니다. 3번국도. 지금은 '창선~삼천포대교' 라는 국내 최장의 연육교가 바닷길을 대신해 주고 있지만, 이 다리가 생기기 전까지는 배를 타야만 차도 사람도 그 길을 지나다닐 수 있었습니다. 바닷가에 다다르면 길은 일순 끊어진 것처럼 보여도 실은 바다 속으로 그 길은 계속 이어지고 있는 것입니다.

당선이라는, 믿기지 않는 소식을 접한 저는 지금 바로 그 3번국도의 끝에 서 있습니다. 문단 말석에 이름을 올리기 위한 고된 습작의 길은 오늘로써 끝났지만, 보다 큰 문학적 완성을 위한 시 쓰기의 길은 이제 부터 시작이라 믿기 때문입니다. 바다 위 점선으로만 존재하던 그 국도 의 일부는 이제 옛이야기가 되고 말았지만 아직도 제 눈 앞에는 그 길 이 선명하게 살아 있습니다.

길이 끝나는 곳에서 길은 또 시작된다는 어느 시인의 시구처럼 저는 이제 새로운 길을 떠나야 합니다. 다시 손 떨리는 긴장감으로, 내가 서 있는 곳이 가야 할 길의 끝이 아니기에 한껏 풀어진 들메끈을 새롭게 조여 매고 있습니다.

시조라는 큰 바다로 입문을 허락하신 서울신문과 심사위원 선생님께 감사의 큰절 올립니다. 오늘의 당선 통보는 잘했다는 박수의 의미가 아 니라 더 잘하라는 매운 회초리로 알아듣겠습니다. 아울러 심사위원께 서 고르신 이 작은 씨앗이 큰 나무로 자라나길 지속적인 관심으로 계속 지켜봐 주시길 감히 청해 올립니다.

그 동안 곁에서 말없이 보살펴 준 아내와 시조라는 틀을 잡아주시고 이끌어주신 윤금초 선생님, 민족시사관학교 선배 문우들께 오늘의 영광을 돌리고 싶습니다. 나를 알고 계시는 모든 분들께 실망을 안겨드리지 않도록 쉬지 않고 걸어가겠다는 다짐으로 영광된 이 자리의 인사를 대신하고자 합니다.

시공 넘나드는 붓놀림 뛰어나

　새 아침의 언어가 신설처럼 차고 희다. 현대시조 100년을 넘어서면서 신인들이 내딛는 발걸음도 한결 더 빨라지고 있다. 시조가 신춘문예를 만나서 불꽃을 피우며 새 지평을 열어가고 있는 것은 참으로 반가운 일이다. 심사를 맡은 두 사람이 당선후보작으로 고른 10편 가운데서 「무동도」(배우준), 「빈 의자 우화羽化를 꿈꾸다」(정행년), 「낡음에 대한 사색」(송필국), 「빙판」(김용채), 「까마귀가 나는 밀밭」(임채성)의 5편으로 다시 좁혀서 읽기를 거듭했다.

　「무동도」는 부제 '김홍도를 찾아서'가 나타내듯 단원의 그림을 보고 신명을 생동감 있게 묘사하고 있으나 시가 그림을 뛰어넘지 못했으며 「빈 의자 우화羽化를 꿈꾸다」는 착상은 좋으나 추상성에 매달려 주제의식이 묻혔으며 「낡음에 대한 사색」은 '채미정에서'의 부제가 말하듯 고려 유신 길재가 조선조 건국을 탄핵하고 금오산에 은거하던 사실史實을 다루고 있으나 길재의 저 올연한 정신세계의 재현이 미흡했고 「빙판」은 시상의 폭이 단조로워서 감도의 깊이와 넓이에서 못 미치었다. 당선작 「까마귀가 나는 밀밭」은 부제가 보여주듯 빈센트 반 고흐의 그림에서 그의 생애와 정신을 시로 퍼올리고 있다. 사람의 생애나 예술세계를 시로 재구성할 때 자칫 빠지기 쉬운 시각적 묘사에 그치지 않고 시간과 공간을 넘나드는 붓놀림이 훨훨 날고 있다. 특히 "비로소 소실점 너머 한 뉘가 새로 열린다"는 결구結句에서 오래도록 인류 앞에 타오를 한 예술가의 혼불이 펄럭이고 있다. 부디 시조의 내일을 열어주기 바란다.

심사위원 : 이근배 · 한분순

정상혁

1986년 서울 출생
연세대 국문과 2년 휴학
경기 용인소방서 의무소방대원 군복무 중
2007년 중앙신인문학상 시조 당선

gabab86@dreamwiz.com

■중앙일보/시조
활

활

'활' 하고 무사처럼 차분히 발음하면
입 안의 뼈들이 벼린 날처럼 번뜩이고
사방은 시위 당겨져 끊어질듯 팽팽하다

가만히 입천장에 감겨오는 혀처럼
부드럽게 긴장하는 단어의 마디마디
매복한 자객단처럼 숨죽인 채 호젓하다

쏠 준비를 하는 순간 모든 게 과녁이다
호흡 없던 장면들을 노루처럼 달리게 하는
활활활 타오르게 하는 날쌔고 깊은 울림

허공의 누군가가 '활' 하고 발음했는지
별빛이 벌써부터 새벽을 담 넘어가
내일로 촉을 세운 채 쏜살같이 내달린다

또 한 번, 가을

어느덧 바람은 허공의 음표처럼
헤어지고 물드는 사이의 악보 위에
간격의 도돌이표를 넣어놓고 사라졌다

울고 싶은 관객처럼 계절은 자리에 앉아
뜨거웠던 연주가 박수처럼 스러지는
작별의 짧은 인사처럼 연하게 단풍진다

저녁도 오래된 음악처럼 사람처럼
눈 감은 얼굴 위에 색지며 바래어간다
모든 게 다 붉은색이다 너도 나도 나무들도

히말라야

준비된 길은 없었다 처음부터 눈뿐이었다
스스로 내면을 움켜쥔 바위와 같이
한 줌의 낯선 바람과 결빙의 시간뿐이었다

꿈마저 냉각하는 고도高度의 막막함으로
별빛처럼 허공에 뼈를 세우며 길을 내는
영혼과 상처의 결을 더듬으며 걷는다

고함처럼 쩌렁쩌렁 울리는 걸음으로
침묵으로 쟁여둔 겨울의 몸통을 향하여
바람의 체온을 거두며 나는 곧 당도하리라

처음부터 눈뿐이던 내 가파른 세계에도
푹푹 빠지는 다리로 부지런히 길을 내는
바람과 어둠 이외의 흔적이 생기고 있다

칡 소

찬 없는 밥상에 겨울을 얹어놓고
침묵을 수저질하며 배부른 눈 감으면
멀리서 칡뿌리처럼 성긴 소리로 산이 운다

온새미로 잦아드는 저물녘의 뒤척임도
기웃기웃 바람마다 스미는 흙내음도
속부터 벅차오르는 식물성 그리움

밥상을 물리고 겨울을 돌아눕혀
해 지는 마음으로 덥수룩 눈 감으면
내 몸에 칡이 오른다 이번엔, 내가 운다

봄 봄

별들이 떨어뜨린 빛의 유적을 훑으며
바람이 훔척훔척 도굴꾼처럼 걸어가네
허공에 비밀스러이 창 하나 열리네

무덤 귀 조심조심 찔러보는 쇠막대처럼
누군가의 심장에 가만히 가닿고파
바람의 손샅에 묻은 흙냄새 따라가네

어둠 속에 찬연히 피어 있는 구름이며
은가락지 크기로 반짝이는 풀꽃이며
고요한 잠의 얼굴마다 가득 맺힌 금은보화!

지구의 모든 게 귀해지는 작업의 시간
금화처럼 찰랑이는 세상의 숨소리마다
아득한 꿈의 깊이로 새벽이 환하네

벚꽃 진다

풍성하게 그늘지는 얼굴을 반짝이며
한낮의 구름 떼처럼 산보하듯 느릿느릿
마른 향 온몸 가득히 노년은 가고 있다

맨발로 허공 딛듯 가벼워야 후회 없으리
졸다가 얼핏 드는 선꿈처럼 환한 대낮
꿈꾸듯 먼 바람 불듯 벚꽃이 지고 있다

채우고 채워 스스로 빛나는 사람 되겠다

　　방 안에 앉아 창가에 둥둥 떠다니는 먼지를 한참 바라보았다. 날씨가 참 좋았다. 순간순간 햇빛을 받은 먼지가 소행성처럼 빛났다. 그리고 이제 무슨 말이든 해야겠다고 생각했다. 나는 말하자면, 아직 한참 모자라다. 무지 작고 가볍다. 이 어마어마한 우주에 그냥 사람 크기 정도의 먼지일 뿐이다. 완성된 세계를 가지려면 얼마를 더 힘써야 하는지도 모르겠다. 그런 내게 짜잔, 등장하는 햇빛처럼 멋진 옷을 입혀주신 중앙일보 관계자분들께 감사드린다. 잠깐의 눈부심으로 끝나지 않도록 열심히 고민하며 살아가겠다. 채우고 채워서 스스로 빛날 수 있는 사람이 되겠다는 약속을 드린다. 그리고 세상에서 가장 존경하는 부모님, 정말 감사하고 사랑합니다.

팽팽한 긴장감 가득한 '수작'

　중앙신인문학상은 치열한 경합으로 유명하다. 월 백일장을 통과하며 갈고 닦은 실력을 연말에 다시 경쟁한 끝에 인정받는 상이기 때문이다. 올해 당선작 「활」은 그 과정에서 드물게 심사위원의 만장일치를 얻은 수작이다. 시적 발상이나 언어 감각, 이미지 처리 능력이 뛰어나고 신선하다. '활'을 이만한 상상력과 조형력으로 그려내기란 쉽지 않다. 정상혁 씨는 이제 "쏠 준비를 하는 순간 모든 게 과녁"이라는 자신의 시구를 보여줄 수 있는 시인의 길에 들어섰다. 부디 '팽팽' 하고 '깊은 울림'이 '활활활 타오르'는 명중 이상의 작품들을 쏘아주기 바란다.

　함께 논한 김남규 · 김대룡 · 송유나 · 연선옥 · 이서원 씨도 상당한 수준에 올라 있다. 그러나 시적 발상과 이미지 면에서 참신성 혹은 완성도가 당선작에 못 미쳤다. 무엇보다 고답적이거나 공소한 내용, 부자연스러운 율격 등이 넘어야 할 과제인 듯싶다. 신인일수록 새로움에 대한 도전이 절실하다.

심사위원 : 유재영 · 김영재 · 이정환 · 이지엽 · 정수자

새로운 시인

《시인세계》 신인작품 공모

계간 《시인세계》는 국내 문학 잡지사상 처음으로 온라인 신인작품 공모를 기존의 신인작품 공모와 병행하여 실시합니다. 온라인 신인작품 공모는 작품 투고자의 편의를 도모하고 예심과정을 투명하게 공개함으로써 시인의 길을 걷고자 하는 많은 분들에게 자신의 수준을 스스로 가늠케 하는 제도라 할 수 있습니다. 한국 현대시의 내일을 이끌어갈 새로운 시인, 당당하고 신선한 신인의 출현을 기다립니다.

◆ 응모작 : 시 10편 이상
◆ 작품모집 마감 : 연 2회
　 전기 : 매년 1월 25일(봄호) / 후기 : 7월 25일(가을호)
◆ 발표 : 전기는 봄호, 후기는 가을호에 발표합니다.
◆우편으로 응모하실 분은 봉투에 〈신인작품 공모〉 표시를
　 바랍니다. 응모작품은 반환하지 않습니다.
◆ 온라인응모 : ①시인세계 홈페이지(www.seein.co.kr)에 접속.
　②상단의 신인 작품공모 클릭. ③하단의 온라인 작품공모 클릭.
　④온라인 공모 게시판에 10편 이상의 작품을 한개의 파일로 올림.
◆ 심사 : 본지에서 위촉하는 시인과 평론가들이 심사.
◆ 예우 : 당선시인에게는 특별원고료(100만원) 지급.
◆ 유의사항 : 응모작품과 간단한 약력과 연락처를 첨부.
◆ 보낼 곳 :《시인세계》 편집부
　 서울시 마포구 신수동 345-5 문학세계사 (121-110)
　 전화 702-1800 / 팩스 702-0084 / 이메일 seein@seein.co.kr

정기구독 안내

《시인세계》는 시를 사랑하는 시인과 독자 여러분의 것입니다.
좋은 시와 시인을 섬기며, 시를 사랑하고 이해하는 사람들의 사
랑방이 되도록 힘쓰겠습니다. 언제나 창간할 때의 마음가짐으
로, 참신하고 치열한 시정신이 가득한 《시인세계》로 만들겠습
니다. 독자 여러분의 많은 관심을 부탁드립니다.

◆ 정기구독자에게 드리는 특전
　정기구독을 신청하신 분들께는 문학세계사에서 발행한
　책을 1권 증정합니다. 《시인세계》는 출간 즉시 우송해
　드리며, 구독기간 중 책값이 올라도 추가부담이 없습니다.

◆ 정기구독 신청 방법
　한 권은 10,000원이며, 1년 정기구독 요금은 36,000원입니다.
　우편요금은 본사가 부담합니다.
　요금을 온라인으로 보내신 후, 주소, 전화번호,
　성함을 전화나 팩스 혹은 이메일로 알려주시면 됩니다.
　시인세계, 문학세계사 홈페이지에서도 신청하실 수 있습니다.
　〈국민은행　054-01-0323-908　김종애(시인세계)〉

《시인세계》 편집부
www.seein.co.kr
서울시 마포구 신수동 345-5 문학세계사 (121-110)
전화 702-1800　　팩스 702-0084　　　이메일 seein@seein.co.kr

〈시〉 문정 박미산 방수진 유희경 이선애 이은규 이장근 이제니 정은기 조연미
〈시조〉 김남규 임채성 정상혁

2008년 신춘문예 당선시집

초판 1쇄 발행일 2008년 1월 15일

지은이 · 문정 외
펴낸이 · 김종해
펴낸곳 · 문학세계사
이메일 · mail@msp21.co.kr
홈페이지 · www.msp21.co.kr
www.seein.co.kr(계간 시인세계)
주소 · 서울시 마포구 신수동 345-5(121-110)
대표전화 · 02) 702-1800
팩시밀리 · 02) 702-0084
출판등록 제21-108호(1979. 5. 16)

값 8,000원

ISBN 978-89-7075-417-8   03810
ⓒ 문학세계사, 2008